三国志

40人の名脇役

渡辺精一 著

二玄社

序——脇役たちの三国志

『三国志演義』はおそるべき作品です。

何度読みかえしてもそう思います。

あつかう時間は約百年、登場人物は軽く千人を超え、そのなかで主要な人物だけを数えてもかなりの数にのぼりますが、登場人物がみな個性的で、さながら人間博覧会のようです。

個性、とひとくちに言っても、『三国志演義』はあざやかに人々の個性を描きわけています。

よく知られた曹操・孫権・劉備・諸葛孔明といった人々は作品の中で張りあう主役です。

もちろん、『三国志演義』は文学作品ですから、誇張や虚構はつきものです。文学は、虚構によって人間の真実を描こうとするものですから。主要な人物にのみ注目して読んでも十分に面白いですが、それらの人物に劣らぬ個性的な人々がいます。彼らを脇役と呼んでもいいでしょう。そうした脇役に注目して読んでみるのも楽しいことです。

演劇などと同様に、主役を食ってしまう脇役がいます。その圧倒的な存在感は、その場面ではむしろ彼が主役であるかのようです。

たとえば、本書で採りあげた郝昭《かくしょう》という人物がいます。彼は陳倉《ちんそう》の城を守って諸葛孔明の攻撃をはねのけます。諸葛孔明が繰りだす作戦をことごとく封じてその上を行き、孔明は陣中で煩悶してしまいます。

完全に孔明を食ってしまう脇役です。こういう人物にスポットライトを当ててみると、三国志の世界はまた違った輝きを示してくれます。

諸葛孔明と言えば、ほかにも失敗をしています。「泣いて馬謖《ばしょく》を斬る」で有名な馬謖に関してです。諸葛孔明は魏に対する第一回目の北伐のとき、

以前、劉備が臨終に際して、

「馬謖は口先だけの人間だから、重く用いてはならぬ」

と言っていたのに馬謖を起用し、街亭《がいてい》で大敗を喫することになり、北伐全体をぶちこわしてしまいました。

歴史書の『三国志』（陳寿《ちんじゅ》撰）のほうでは、なぜ馬謖を起用したのかについては特に記事がありません。たんに諸葛孔明の失敗をいうだけです。

しかし、『三国志演義』では、その「なぜ」について周到な伏線を用意しています。これは史実とは言えませんが、読めば、

「なるほど。このようであったから、孔明は馬謖に期待してしまったのだな」

と納得がいくような仕組みになっています。

いま「史実」と言いましたが、陳寿の歴史書『三国志』の記事も、百パーセントが事実であり真実であるという保証はありません。

要は文学にせよ、歴史にせよ、それが「何を描いているか」「何を描き

えているか」という点が大事です。

歴史書の描くところのみを信じて、文学を一段低いものと見る向きもありますが、歴史書自体、けっこういいかげんなことも書いています。

たとえば、悪の権化・董卓《とうたく》が殺されたあと、遺体が市街地にさらされます。その遺体のヘソに火を点けた者があり、その炎が数日間消えなかったという話があります。

その話は『三国志演義』が書く内容ですが、陳寿の『三国志』のなかの董卓伝は、そのようなことは書いていません。では、『三国志演義』の創作かというと、さにあらず。このことは『後漢書』の董卓伝に書いてあります。

となると、どういうことになるでしょうか。同じ歴史書（しかもともに正史と呼ばれたスタンダードな歴史書）でありながら、記述に違いがあるわけです。このことをもって、

「『後漢書』は信用できない書物である」

と結論できるでしょうか。

やはり、文学は文学としつつ、その虚構の意味するところを正確に読みとるべきでしょう。歴史書に対するときも同様です。

どちらが高いの低いのということはとりあえずおき、あくまでも読者として誠実に真意を読みとりたいものです。

本書は脇役を読むものですが、主役になりそこねた脇役、脇役に徹した人物など、さまざまです。

でも、あらためて思います。歴史の悠大な流れのなかでは、主役も脇役もないのではないか、と。

そして、もし主役が主役であるなら、脇役だって主役なのではないか、と。

三国志 40人の名脇役　目次

［凡例］

○本書で項目として採りあげている人物には、本文中で（＊）印を付した。

○人物解説の冒頭にある「魏」「蜀」「呉」などのマークは、各々が属する三国が特定できる場合にかぎり付した。

○巻末には三国志略年表を付した。

一　近くて遠い主役の座

宗教カリスマの野望と誤算

張角

ちょうかく

?—一八四　字の史料なし　鉅鹿《きょろく》郡の人

自分ひとりの人生でさえ、なかなか思いどおりにならないのですから、世界を変え歴史を動かしてしまうなんて、かなりむずかしいことのはずです。

張角は歴史の主役になるはずでした。すくなくとも彼自身はそう信じていたはずです。でも、それは許されませんでした。どこに彼の誤算があったのでしょう。

張角は宗教指導者でした。ある時、薬草を採りにはいった山中で、南華老仙《なんかろうせん》と名のる仙人から『太平要術《たいへいようじゅつ》』なる書物を授けられ、

「天に代わって教えをひろめ、世の中の人々を救済せよ。ただし、良からぬ心をおこしては

ならぬぞ」

と言われました。

その日から張角はこの書物を学び、自由に風雨を呼べるようになりました。

やがて疫病が流行すると、彼は護符を授け、これが効いたことで、またたく間に信者をふやしていきました。

彼は「大賢良師」と名のり、弟子五百人に全国をまわらせ、布教させました。弟子たちは護符を授け呪文をとなえ、信者を獲得し、一大勢力を張るようになりました。

「世の中で一番得がたいものは、人々の気持だ。それが今、自分にはある」

張角はここで、南華老仙の戒めを破り、三十六の組織をつくります。それぞれ、すくなくて六、七千人。大きいものは一万人いたと言いますから、ものすごい数です。

張角は本気で革命をおこそうと考え、

「蒼天《そうてん》すでに死し、黄天《こうてん》まさに立つべし」

を合言葉に、全員に黄色い頭巾を着けさせ、挙兵します。

しかし、朝廷側もさる者、「張角の組織油断ならず」とスパイを送りこんでいました。

そのために、見切り発車のような行動となってしまったのでした。これがひとつ目の誤算です。

でも、はじめのうちは、すごい勢いでした。と言うのも、朝廷の政治にうんざりしていた民衆が、「黄巾」の側について立ちあがったからです。

当時、朝廷は民衆の苦しみをよそに、内輪での権力闘争に明け暮れていました。

とは言え、ひとつの国の大きな権力体制をひっくりかえすまでには、かなりの時間がかかります。権力側も軍を出して鎮圧しようと必死になります。

さらなる誤算は、なんと張角自身が病死してしまったことです。

首魁《しゅかい》を失った組織は、浮動票のように、勢いで集まった者ばかりです。頭を失った蛇のように、のたうちまわるしかありませんでした。

どっちの方向に進めばいいのか、勢いのままに集まった者たちには、わかりません。

このようにして、張角の野望はついえ、黄巾の一党は、黄巾の革命ということではなく、「黄巾の乱」ということで鎮圧されてしまいました。

南華老仙の戒めにそむいた罰であったのかもしれません。

疫病の護符で信者を急拡大した張角が病死とは、護符も自分自身には効かなかったという鮮やかなまでの皮肉です。

人々の救済までで止めておけばよかったのでしょう。いや、ひょっとすると張角は、腐敗した政治を打破することこそ、人々の救済にあたると考えたのかもしれません。

「黄巾の乱」はこうして終わりました。けれども、この乱がこのあと数多くの英雄の登場をみちびくエポックメーキングな出来事であったことは確かです。

権力こそ使いかた次第

董卓

とうたく

?—一九二
字は仲穎《ちゅうえい》　臨洮《りんとう》の人

悪事しか語られない人物の歴史的意義はどこにあるのでしょうか。
董卓は三国志を代表する悪役の一人ですが、歴史書が伝える彼は、腕力が強く、疾走する馬上で矢を射放つ——しかも、右手でも左手でも両方どちらでも打てる——能力をもつ武将でした。
つまり、かなりの武人であったわけです。でも、武闘能力さえあれば主役になれるわけではありません。自分を支えてくれる部下にめぐまれなくてはなりませんし、時の流れをつかまなくては、舞台に躍り出ることはできません。

歴史は董卓に、またとない登場のきっかけを与えました。

黄巾の乱がついえたあと、朝廷は外戚《がいせき》（皇后の親戚）と宦官が激突し、その両方とも滅びてしまいました。

まだ幼少の皇帝少帝《しょうてい》は、この混乱の中、宮中から連れ出され、さまよいます。

そこへちょうど二十万の大軍を従えてやって来たのが董卓でした。

董卓は皇帝を「庇護」するというかたちで皇帝の身柄を手中に収め宮殿に乗りこんできました。

この強大な軍事力の前には、誰も抵抗できません。董卓は朝廷で我が物顔にふるまいます。

少帝を廃止し、自分の言うことを聞く献帝を即位させ、やりたい放題です。

ここでもし、董卓が「上に立つ者」の自覚を深め、国民のための政治を始めれば、様相はちがったでしょう。

しかし、彼は自分がつかんだ権力を弄ぶことしかできませんでした。権力は手に入れたけれど、権力の使いかたがまるでわかっていませんでした。

まず、彼の権力を支える軍の処遇がわかっていません。村祭りを襲わせ、殺戮・掠奪をほしいままにさせます。兵士たちにいい思いをさせてやろうというのです。

その襲撃を名目上だけ「賊の集まる所を叩きつぶして戦果をあげた」と言いつくろいます。こんなことをするほかに、軍隊を手なづける方法を知らないのです。

たしかに朝廷は、董卓の出現で表面上はおさまりましたが、それは董卓の前にとりあえず沈黙したというだけで、決して体制が整い、落ちついたわけではありませんでした。

本来なら、歴史上その役割を果たすべきタイミングを与えられながら、董卓はその自覚さえなかったようです。

少しでも気にいらぬ人間を片っぱしから処刑する董卓。さすがに黙りつづけるわけにもいかず、曹操《そうそう》が暗殺を試みますが失敗し、そのあと袁紹《えんしょう》*らと「反董卓連合軍」を組織して戦いを挑みました。

ところがこの連合軍は、メンバーそれぞれの思わくが異なっていて、空中分解してしまいます。さらに董卓は、当時ナンバーワンの武将呂布《りょふ》*をも義理の息子として迎え、盤石の体制を築いてしまったのでした。

そんな董卓でしたが、司徒の王允《おういん》が美女貂蝉《ちょうせん》*を使って仕かけた連環の計に陥ち、呂布に喉を刺し貫かれて殺されてしまいました。

混乱した社会に、強大な軍事力をもってとにかく押さえつけ、社会を安定に導く存在は必要とされる面はあります。

問題はそのさきで、そういうおのれの役割を自覚し、ゆるやかに社会を安定方向に向かわせることができれば、董卓はまちがいなく、歴史の主役になりえたことでしょう。

ところが彼はそういう方向に進むことができず、とりあえず目先の権力を我が物顔にふるってみせることに終始しました。

基本的に「武の人」であったために、世の中の統治にかんする教養が欠けていたのかもしれません。

歴史の女神は、権力の使いかたを知らない人間にほほえみ、権力を与えてしまうことがあるのでしょうか。それとも、権力とはそれを手に入れた者の心を狂わせてしまう麻薬のようなものなのでしょうか。

結局、董卓は自分のことしか考えられない人間でした。そのため、呂布の裏切りが見えず、回避することができなかったのです。

時として、「部下を信じてやらなければ、部下は自分について来ない」などという言いかたがされますが、そうしてやらなければ自分について来ない部下は、たやすく裏切る可能性があるのかもしれません。

武闘派No.1の得意技は「裏切り」

呂布《りょふ》

?―一九八
字は奉先《ほうせん》 五原郡九原《きゅうげん》の人

暴力で朝廷を制圧した悪の権化、董卓*を殺したのですから、呂布もまた主役になる可能性がありました。董卓を排除した英雄として、支持と賞讃を一身に集めることができたかもしれなかったのです。

しかし、彼は「反覆《はんぷく》して常なし」と評される裏切りの常習犯でした。

そもそも呂布は有力な丁原《ていげん》と義理の親子となっていたのですが、董卓に誘われると、簡単に丁原を裏切って殺し、その首を手土産に董卓のもとに走って、今度は董卓の養子となり、新しい義理の親子関係を結びます。

そんなことをしても、呂布は自信満々で、戦場を駆けめぐりました。その武闘能力は当代随一で、「人中《じんちゅう》の呂布、馬中の赤兎《せきと》」とたたえられました。人間なら呂布、馬なら赤兎ということで、赤兎は呂布が董卓に誘われた際に、呂布に贈られた名馬のなかの名馬です。

呂布を味方につけた董卓は、もはや怖いものなし。ただでさえ二十万の軍を持っているうえに、呂布は関羽・張飛・劉備の三人がいちどきにかかっても倒せません。

呂布は自信家でした。それも、自分を疑うことが全くできないほどの、並はずれた自信家です。賞讃されて当たり前、自分は賞讃されるに値する人間なのだと思っていたようです。

彼は、それまで以上の賞讃と待遇を得られるとなれば、簡単に人を裏切ります。あたかも、

「この評価こそ、自分の価値に正しく見合うものだ」

と言わんばかりに行動します。

そんな彼が董卓を裏切って殺すことになったのは、一人の女性をめぐる感情的な争いからでした。

司徒の王允《おういん》の屋敷で美しき芸妓貂蟬《ちょうせん》*を気に入り、王允に、

「貴公にさしあげましょう」

と言われて大喜びした呂布ですが、王允は貂蟬を董卓に献上してしまいます。

董卓の屋敷で貂蟬を見かけた呂布、悲しげな表情で自分を見る貂蟬に心が張りさけんばかりです。

密かに貂蟬と二人だけで会うところを董卓に見つかり、戟《げき》（槍の一種）を投げつけられるというきわどい場面のあと、呂布は董卓を裏切る気になりました。董卓を殺し、貂蟬を自分のものにしよう、と。

王允が描いた筋書きに従って振る舞う貂蟬ですが、呂布は、「野獣のような董卓から救い出してやる」と、完全にヒーロー気どりの心境でいました。

さて、実際に董卓を殺してみると、世の中は平和になるかと言えば、さにあらず。董卓の残党が朝廷を支配し、呂布はさすらいの一匹狼のような状態になります。

一匹狼と言えば、聞こえはいいですが、丁原、董卓とつづけざまに「義父」二人を殺した履

義父丁原に斬りかかる呂布

歴が邪魔します。

それでも彼は自分の価値を疑いません。彼の武闘能力は、こうした戦乱の世の中で需要が高いからです。

このあと彼は、劉備と手を結んだかと思えば、裏切って城を奪い、とりあえず目先の利益にばかり食いついて生きていきました。

やがて、有力な群雄の数がしぼられてくると、天下に「呂布が裏切ったことのない群雄」は見つけにくくなっていました。

呂布はついにまわりじゅうから袋叩きにされます。

懸命に奮戦する呂布でしたが、個人の力には限界があり、疲れはてたところを縛りあげられてしまいます。縛ったのは、呂布の部下で、つまり、他人を裏切りつづけた呂布は最後に部下に裏切られたという皮肉なオチでした。

いざ処刑されようという時、曹操の前に引き出された呂布は、それでもまだ自分の価値を主張しました。

「私を臣下として使えば、天下だってたやすく取れるはずだ」

と。しかし、その場にいた劉備が、

「丁原と董卓がどうなったかお忘れか」

と声をかけ、呂布は処刑されました。

裏切りを常習的にくりかえした呂布は、自分が賞讃されることを喜びすぎていたのでしょう。自分が他人を裏切ることは許せても、他人が自分を裏切るのは許せない——こんな生きかたでは、おのれの価値を主張しつづけられません。

呂布は最後に口ききを願った劉備に「裏切られた」と思って死んでいったようですが、「義父殺し」という彼の履歴が、つまり彼の人生そのものが、彼自身を裏切っていたわけです。

ひとりぼっちの皇帝

袁術《えんじゅつ》

?――一九九
字は公路《こうろ》　汝南郡汝陽県の人

悪いことしか書かれない点で、董卓*と並ぶ悪役ですが、董卓が一直線な野獣的悪役であるのに対し、プライドが高く知恵はあるものの狡猾さばかり目につき、芯の通った理念を感じさせない人物です。

当時、名門中の名門袁家に生れた彼は、袁紹《えんしょう》*の異母弟ですが、その性格は兄弟でも相当ちがっていました。

彼は、超いいところのおぼっちゃまで、周囲にちやほやされながら、わがままいっぱいに育ちました。

それが大人になっても、まったく改まらなかった人物です。

「あれが欲しい」

と言えば、買ってもらえますし、家来たちが至れり尽くせりの面倒を見てくれます。よくなかったのは、袁術はそれを当たり前だと思い、それが満たされないと怒ることしかできない人間にできあがってしまったことです。

今風に言うと、自己愛の怪物といったところでしょうか。

こういう人物は、小さな組織であれば、そのトップに君臨することはできますが、乱世に立って全体を統一するような力量はありません。

袁術は、曹操が呼びかけて組織した「反董卓」の連合軍に参加しました。兄の袁紹が連合軍の盟主をつとめる関係もあって参加したものでしょう。

彼は食糧輸送を担当しましたが、バックアップ体制の鍵をにぎる位置にいながら、勝利した孫堅《そんけん》（孫権の父）に食糧を送ろうとしませんでした。

「あいつをこれ以上強くすると、やっかいだ」

というのが理由です。これでは敵だか味方だか、わかりません。

連合軍の後方を支えるはずの人物がこれです。反董卓連合軍は不和になり、バラバラになっ

徐州の劉備を攻めるために大軍をおこした袁術

て失敗しました。

その後、彼は物資の豊かな淮南《わいなん》の地で、帝位を僭称《せんしょう》しました。誰も認めないのに、

「私が皇帝である」

と名のったのです。

次に彼が着手したことは、領民のための政治などではなく、人々から税をしぼりあげることでした。しぼりあげた税は、宮殿の造営や彼の贅沢な生活を支えるためだけに使われました。

人々が餓えに苦しんでいるのに、袁術のところでは、肉が腐っていたと言います。

こんな人物が長続きするはずはありません。曹操らに攻めたてられることになります。もはや彼の味方はどこにもいません。

ここで「最後に頼るは肉親」とばかりに兄の袁紹に泣きつきました。

「皇帝の称号をゆずるから、保護してくれ」

と。しかし、袁紹は、

「自分のいる河北まで来たら保護してやる」

と反応します。どうやら兄にも見放されていたようです。

やがて、袁術は劉備の軍に攻撃され、形勢不利、追いつめられました。

兵士の多くは袁術を見限って離反し、残るは老弱の兵ばかりです。誰一人、袁術のために命を投げ出そうという者はいないのです。

食糧も尽きてきました。がっくりときた袁術は料理人に、

「蜂蜜を水に溶かして持ってこい」

と命じました。料理人は、

「そんなものはございません。血を溶かした水ならございますが」

と応じました。

袁術はこんな状況下でも、贅沢に慣れきったままでした。しかし、さすがに落胆が深かったか、

「この袁術さまが、ここまで落ちたか」

と言うと、がぶりと血を吐き、絶命しました。

幼いころから、自分のわがままが通って当たり前だったために、そういう環境が失われると、もろいのでした。

袁術はかなり人生の方向づけを誤っていたようです。名門の御曹司の自覚は、周囲がおのれのわがままにひれ伏すことによって確認されるようなものではなく、多くの人の模範としてあおがれることが大事であるということを、ついに理解しなかったようです。

そのために、皇帝を称しても天下がついて来ず、局地的な打ちあげ花火のような結果になってしまいました。

彼は結局、自分の取りまきのなかでだけの皇帝でした。

なぜ、彼はそこで勝負をかけなかったのか？

袁紹《えんしょう》

？—二〇二
字は本初《ほんしょ》　汝南郡汝陽県の人

袁紹は袁術*の異母の兄で、同じく名門中の名門の御曹司です。袁術のほうが小粒な群雄の一人といったスケールだったのに対し、彼には天下を取るチャンスがありました。

おそらく風貌もりっぱだったのでしょう。曹操が組織した反董卓の連合軍において、盟主にかつがれていますから、押し出しも堂々としていたものと思われます。

盟主として人の上に位置するには、人物の器が大きくないと、説得力がありません。その点でも、袁紹は袁術よりも上であったと言えるでしょう。

でも、袁紹は天下を取れませんでした。かつての親友であった曹操との戦いに敗れたからです。

敗れたとはいえ、勝つチャンスも十分あったのですが、彼の性格的な弱点が彼を誤った方向に駆り立ててしまいました。彼の弱点としてよく指摘されることは、決断力のなさですが、もう少し深く考えなくてはいけないようです。

彼は乳母日傘《おんばひがさ》で大事にかしづかれて成長しました。いろいろなことは家来がお膳立てをしてくれます。自分はそこへ出て行って主人公らしく振るまえばよかったのです。

そのため、みずから道を切りひらいてゆく、自分が人を引っ張るということが苦手なのです。それともうひとつ、彼は自分が人の上に立つ人間であることを自覚していました。部下の意見を広く聞き、広いふところを示さなくては大きな組織は運営できないということをわかっていました。でも、それが裏目に出てしまうのでした。

西暦二〇〇年、官渡《かんと》の戦いが起こります。曹操と河南から河北の覇者の地位をかけての大決戦です。これに勝ったほうが、天下統一に一歩近づくという重要な戦いです。

兵員の数も食糧の蓄積も、圧倒的に優位な袁紹ですが、自分の広いふところにかかえこんだ参謀たちの足の引っぱり合いが彼のリズムを崩します。

許攸《きょゆう》という参謀が、

「別働隊を出して、ガラ空きの許昌《きょしょう》の都を襲えば勝てます」

と進言しましたが、許攸の親族が不正を行っているとの報告を受けていた袁紹は、

「貴様は曹操となじみがある。それは罠だろう」

と疑ってしまい、許攸をたたき出します。ここでもし殺してしまっていたら、歴史は変っていたかもしれませんが、袁紹は「上に立つ大きな器を持つ存在」であろうとし、そうしませんでした。

この結果、許攸は曹操のもとへ走り、曹操に、袁紹の軍の食糧基地が烏巣《うそう》というところにあることを教えます。

もちろん、この情報に対して、曹操の配下にも、

「これは袁紹の罠ではないでしょうか」

と言う者もあったのですが、曹操は許攸の情報に賭け、烏巣を襲いました。

これで袁紹の軍に動揺が起って、総崩れとなり、官渡の戦いは曹操の勝利となりました。

許攸を疑って許昌攻撃をしなかった袁紹と、許攸を信じて烏巣を襲った曹操。ここに決断力の差がある――とよく言われるのですが、ちょっとした運のようなものを感じます。

許攸の親族の不正を糾弾する報告が来るのがもっとあとだったら、圧倒的な兵員の一部を別

働隊として許昌攻撃を試みたのではないでしょうか。

兵員・物資に乏しい曹操の側は、持久戦ではなく急戦にしか勝ち目はありませんでした。だから、許攸の情報に、ただちに行動を開始できた、するしかなかったという面があります。もし、あい拮抗《きっこう》する兵員・物資であったら、曹操ももっと慎重に探りをいれてからということになったことでしょう。そうなると、勝敗のゆくえはわかりません。

囲碁や将棋でも、不利な側こそ勝負手をはなつものですから。

河北に逃げ帰った袁紹は、やがて病気にかかり、世を去ります。

すると、袁紹の後継をめぐって、長子袁譚《えんたん》と末子袁尚《えんしょう》が争いを起こし、結局、曹操によって河北一帯は制圧されてしまいました。

袁紹の敗因を、袁紹個人の決断力のなさに求めるのは、当っていないでしょう。

鍵となったのは、官渡の戦いに際しての参謀たちの不和。そして、官渡で敗れ去ったあとは息子たちの不和。これを衝《つ》かれて袁家は滅びました。

お膳立てがすんだあとに出て行って高らかに宣言することは得意でも、自分で道を切りひらき、組織を一枚岩にたばねるだけの力量がなかったために、一瞬、歴史の女神にそっぽを向かれてしまったようです。

呉

周瑜《しゅうゆ》

二人の主役は並び立たない

一七五―二一〇
字は公瑾《こうきん》　廬江《ろこう》郡舒《じょ》県の人

周瑜はまぎれもなく主役であるはずでした。孫権の兄孫策とは義理の兄弟にあたります。義兄弟としての盃をかわしたのではなく、孫策が橋玄《きょうげん》の娘のうちの姉（大喬《だいきょう》）を妻とし、周瑜がその妹（小喬）を妻としていた関係です。

孫策が若くして死んだため、後を継ぐことになった孫権を盛りたて、奮闘しました。孫策の遺言で、内政は張昭《ちょうしょう》が、外交・軍事は周瑜が受け持ちます。

しだいに江南で力をつけた孫権ですが、やがて建安十三年（二〇八）、曹操が荊州《けいしゅう》に軍を進め、荊州の新野《しんや》城にいた劉備が江夏《こうか》まで逃げて、孫権に、

「手を結んで曹操と戦おう」

と言ってよこした時が、ひとつの転機となりました。

呉の国は真っぷたつに分かれました。曹操に降ってしまうべきだとする者と、戦って曹操を蹴ちらすべきだと主張する者とです。

周瑜はのらりくらりとして己の立場をなかなか明らかにしませんでしたが、本心では孫権を天下の主にしたいと思っています。なかなか態度を鮮明にしなかったのは、主役として最も良いタイミングに宣言をおこなおうともくろんでいたからです。

周瑜はつまり、主役として舞台に躍りあがるはずだったのです。しかし、劉備の使者として呉にやって来た諸葛孔明にすべてを見通されてしまうのです。

主役になるべき自分をさまたげられたのですから、周瑜は心中おだやかではいられません。龐統《ほうとう》*を使って、曹操に水軍の戦艦を鎖でつなげば船酔いが防げると勧めさせ、ひとかたまりになった船団を火攻めで一気に攻め滅ぼそうとしますが、季節的に風の向きが悪いことに気づいて愕然とします。孔明がこれを指摘したのですが、なんと孔明は、

「私が天に祈って火攻めに適した東南の風を吹かせましょう」

と言います。

主役のはずが、周瑜は完全に孔明に食われてしまいました。これでは周瑜のプライドが許しません。周瑜は曹操だけでなく、孔明とも戦わなくてはいけなくなりました。

しかし、孔明は無理難題をふっかけても、やすやすと応じてしまいます。

「十万本の矢を用意しろ」と言えば、霧の中、藁を満載した船を漕ぎ出して曹操の陣に近づき、敵が射かけた矢をまんまと回収して帰って来ます。

赤壁の戦いでは曹操に勝ちますが、その後、劉備はちゃっかりと荊州南部にいすわってしまいます。

周瑜は、こんどは劉備と孫権の妹との政略結婚を持ちかけ、劉備を骨ぬきにしようと計りますが、それも孔明に読まれ、劉備に脱出されてしまいます。

次に、「蜀を得たら荊州は呉に渡す」という劉備に、周瑜は、

「私が軍を率いて蜀を取ってやる」

と言いだしました。これは、蜀へ攻めのぼる途中で劉備たちに襲いかかろうという腹です。

でも、これも孔明はお見通し。すでに軍を配置して隙がありません。そして、

「このような子どもだましの手が通じますか。血眼《ちまなこ》になって大軍で蜀攻めなどして、曹操が南下してきたら、どうします?」

と言われ、以前に受けた矢傷が張り裂けていた周瑜は、これで精神的にもがっくり来てしまい、

「天はこの周瑜を生みながら、なぜ孔明も生みたもうたのか」

と嘆いて世を去りました。

孔明さえ出てこなかったら、私は主役だったのに——という痛切なひびきのある言葉です。

周瑜は完全に主役の座を奪われた人物です。美貌で音楽の才能にもすぐれていた彼は、「主役でない自分」なんて考えられなかったのです。

そのために余分な力が入りすぎてしまいました。曹操という巨大な敵と戦いながら、孔明をも抹殺してしまおうなどとは、欲ばりすぎというものでしょう。

冷静になれば、孔明をうまく機能させることで呉の国に有利に事を運んだのだから……と割り切れたかもしれないのに、それができなかったのは、自分が主役をつとめることに慣れすぎていたために、「主役ではない自分」を考える余裕がなかったからです。

二枚目の主役だった人物が、一転して渋い脇役として舞台を引き締めることがあります。でも、主役にこだわりすぎて主役しか演じようとしないと、芸の幅はせまいものでしょう。

周瑜は叩きあげの人物というよりエリートでした。最初からスターであったことが、かえって彼を悲劇におとしいれてしまったのです。

魏

長引いた後継レースの陰で

曹丕《そうひ》

一八七—二二六
字は子桓《しかん》　曹操の長子。魏の文帝

曹操は自分の後継者の正式指名を引きのばしつづけました。その理由は、自分のもとにかき集めた人材（臣下）たちが、自分の次の時代に誰を押し立てようかで権力闘争を演じていたからです。

へたをすると、分裂、内戦になってしまうおそれもありますし、後継指名をしたとたん、「もう、オヤジは不要だ」と葬られる心配もあったからです。

でも、いつかは正式に指名しておかないと、自分にもし何か起こった場合、血みどろの抗争が生じてしまうかもしれません。

そんな曹操が最後に参考意見を求めたのが、参謀の賈詡《かく》でした。しかし、賈詡は黙ったままで、答えません。

「なぜ答えぬ」

「少々、考えごとをしておりましたので」

「何を考えていたのだ？」

「……袁紹＊と劉表《りゅうひょう》のことでございます」

賈詡は、長子を後継に指名せず、末子を指名したために滅びた例を挙げることで、ひとつの暗示を行ないました。

ところが、この時点で長子の曹丕は三十歳を超えていました。ずいぶん待たされたという感を否めなかったことでしょう。

曹丕は自分の役割をわきまえていました。曹操はすでに後漢最後の皇帝献帝を手中に収めていました。あとは献帝に譲位を迫り、あらたな国家「魏」を建国するばかりです。

その予定のコースに従い、二二〇年、曹丕は献帝を譲位させ、魏国皇帝として立ちました。

ここまでは順調です。このまま行けば、彼は蜀や呉を順に滅ぼし、天下統一の主となる、つまり歴史の主役になる可能性がありました。

曹操が没し、太子の曹丕が魏王となる

　しかし、そうは問屋がおろしませんでした。献帝が廃されたことを知った蜀の劉備は、蜀の地で、

「本当の皇帝は私だ」

と主張し、対立色を鮮明にしました。呉の孫権の態度もはっきりしません。従うか、裏切るか、まったく読めません。

　曹丕自身も複雑な立場で、血を分けた弟の曹植《そうしょく》*との後継者レースを戦うなか、臣下たちへの不信感をつのらせていたようです。

　曹丕は、蜀からの降将孟達《もうたつ》をかわいがりました。「よそ者のほうが、よほど信用できる」と言わんばかりの振舞いです。

　曹丕は、いかなる理由で後継指名が引きのばされたか、その意味を知っていたのでしょう。臣下は、いつ裏切るか分りません。

でも、最終的に曹丕を裏切ったのは、彼の寿命でした。彼は国を奪って六年、数え四十歳で世を去ってしまうのです。

おそらく彼自身で予期するところはなかったでしょう。皮肉なことに、廃止された献帝（劉協・一八一―二三四）は、曹丕より八年長生きしています。

曹丕のあとを継ぐ曹叡《そうえい》（明帝・二〇五―二三九）は、まだ二十一歳。司馬懿《しばい》をはじめとする臣下たちを頼るしかありません。

曹丕がそれなりに長生きし、権力基盤を固めていれば、急速に司馬氏（司馬懿・司馬師・司馬昭）に権力を奪われてしまうことは防げたかもしれませんが、こればかりはどうしようもなかったようです。

その結果、皇帝として輝かしい事績を残せませんでした。「長生きも芸のうち」という言葉がありますが、人の寿命の長短によっても、歴史は変動するようです。

蜀

国運を賭けた一発逆転の計

姜維《きょうい》

二〇二―二六四
字は伯約《はくやく》　天水郡冀《き》県の人

はじめ姜維は魏の側の人間で、諸葛孔明の北伐の軍を迎撃して奮戦していました。が、孔明の計略にかかり、「魏を裏切って蜀に通じている人物」のように見られて孤立してしまい、本当に蜀の側に付くことになりました。

孔明に心服した彼は、やがて孔明の後継者として蜀の軍事を握る人物になっていきます。そして、孔明亡きあと、九回も北伐の軍を動かしましたが、実《じつ》をあげることはできませんでした。

たび重なる出陣で国力は疲弊します。でも、姜維は反対する声をおさえつけるように軍を動かしつづけました。

対外的に軍を動かすことで国内が引きしまるという効果はあったかもしれませんが、結局勝てなかったわけですから、軍事によって国力が疲弊したぶん、蜀の滅亡を早めた面もあったでしょう。

やがて、魏は本気で蜀攻略に取りかかり、鍾会《しょうかい》*と鄧艾《とうがい》*の二つの軍を同時に繰り出しました。

鄧艾は北からのルートで、鍾会は東北からのルートで蜀の成都に迫ります。

姜維は鍾会のほうを迎撃し、剣閣《けんかく》に出ました。北からのルートは非常に地形がけわしいので、姜維自身が行かなくても食いとめられるだろうと考えたからでしょう。

ところが、北からのルートは、鄧艾の気迫と、途上の都市を守る蜀の体制があまりにも弱かったために、姜維が鍾会と対峙しているあいだに、肝心かなめの首都成都が陥とされてしまったのでした。

成都の劉禅*は、鄧艾に降伏し、剣閣の姜維にも、「おまえも降伏せよ」と使者を送ってきました。

あまりのことに姜維は茫然としますが、ここで一計を案じ、鍾会に降ります。

もともとは魏の人間だった姜維に、鍾会もうちとけるものがあり、二人は義兄弟の盃をとりかわします。

次に姜維は鄧艾の排除に乗り出し、鍾会をそそのかして、

「鄧艾は蜀をわがものとし、蜀で自立する気です」

と訴えさせました。

当時、魏を事実上乗っ取っていた司馬昭《しばしょう》（司馬懿《い》の次男）は、ただちに鄧艾を捕えさせ、洛陽に移送させました。

ここで姜維の計の第二段階です。姜維は鍾会に、

「鄧艾が消えた今こそ、あなたが蜀の主になる絶好の機会」

とほのめかし、鍾会をその気にさせます。

鍾会は、配下の将軍たちを監禁し、自分に従うよう迫ります。

姜維はこうやって鍾会を蜀で自立させ、いずれ折りを見て鍾会を殺し、蜀復興をとねらったのでした。

でも、鍾会のこのような無理やりな行動は、支持を得られるものではありませんでした。

将軍の一人胡烈《これつ》が、城外にいた息子の胡淵《こえん》に連絡をとり、成都の外にいた魏軍がいっせいになだれこんできます。

姜維は個人的な武闘能力にもすぐれていましたが、突然、胸部の痛みに襲われました。

「わが計ならず。すなわちこれ天命か」

と叫ぶと、みずから首を刎《は》ねて死にました。

最後の逆転をかけた計は、こうして不発におわり、蜀は滅亡しました。

逆転の計が成功していれば、姜維もまた歴史の主役になりえたことでしょうが、本当のところは、鍾会と鄧艾を送り出した司馬昭は、彼ら二人の才能を認めながらも、同時に二人の野心も十分に承知していました。言わば、「とっくにお見通し」だったわけです。

予算に乏しいなか、北伐をくりかえしたことに無理があったうえに、攻め寄せた魏軍の全体を意のままに操ろうとする無理がありました。この計が実現するには、かなりの幸運が必要だったことでしょう。

もうひとつ、皮肉だったことがあります。北伐をくりかえして国力を疲弊させる姜維を蜀国内で最も非難したのは、譙周《しょうしゅう》という人物でした。

二六三年、迫りくる鄧艾の軍の足音を聞きながら、劉禅に勧めて降伏させた人物こそ、譙周でした。

そしてこの譙周は、歴史書の『三国志』の著者陳寿《ちんじゅ》の学問の師でもありました。

魏

鍾会《しょうかい》

複雑怪奇、誰が誰を操ったのか

二二五—二六四
字は士季《しき》　潁川郡長社《ちょうしゃ》県の人

魏の太傅《たいふ》鍾繇《しょうよう》の末子で、神童として評判の高かった人物ですが、その才能に見合うだけの野心家でもありました。
早くから高い評価を受けていたので、その登場は約束されたものでした。
二六三年、事実上、魏の国を乗っ取っていた司馬昭は、本腰をいれて蜀の征伐を行ないました。その際に任じられたのが鍾会と鄧艾《とうがい》*でした。
鄧艾が北から蜀の成都を目指したのに対し、鍾会は東北から剣閣へと進み、そこで蜀の姜維《きょうい》*と対峙します。

両者のにらみ合いがつづいていましたが、そのあいだに、北ルートから進んだ鄧艾の軍に、蜀の後主《こうしゅ》劉禅＊が降伏してしまうという事態をむかえます。

これは鍾会にとって、望ましくない出来事でした。

これでは自分に手柄が得られないばかりか、プライドが許しません。

姜維は、ある策略の実行にかかりました。まずここは鍾会に降る。それから鍾会をそそのかして鄧艾を殺させる。そのあと機を見て鍾会を殺して蜀復興を――という筋書きでした。

鍾会はまんまとそれに乗り、「鄧艾に自立の心あり」と訴えて鄧艾を捕えることに成功します。そして、成都にいた魏の諸将を監禁し、自分に従うよう強要しました。

こう書くと、鍾会は姜維の意のままにあやつられているかのようですが、そうではありません。鍾会はもともと野心家です。姜維にそそのかされる前から、その気でいたのです。姜維の提案は、その野望に沿ったものであったというわけです。

実は、司馬昭は、最初から鍾会の野心を見ぬいていました。鍾会に蜀征伐を命ずるにあたり、邵悌《しょうてい》という下級官僚が、

「鍾会は二心《ふたごころ》を持つ人間なので、大きな権限を与えて外地に出すのは危険です」

と訴えましたが、司馬昭は、

「そんなことはわかりきっている」

と応じていました。むしろ鍾会のほうが、このやりとりを知らなかったのです。

また、劉寔《りゅうしょく》という官僚は、鍾会・鄧艾の出発の際、

「二人とも生きて帰るまい」

と予言していました。こういうことからして、鍾・鄧二人の野心は、かなりの人に見えていたということでしょう。

結局、姜維にそそのかされて動いていた鍾会の野望は、成都城外からなだれこんだ魏軍に殺され、ついえてしまいました。

その前に鍾会は、数千という蛇に噛みつかれる夢を見ました。その悪夢が当たったかのような最期でした。

もし鍾会がもっと緻密な行動をとって、成都城外の魏軍をうまく掌握できていたら、結果は変っていたかもしれません。

姜維の立場からすると、「鍾会をうまくあやつって」ということになるでしょうが、頭のきれる鍾会のことです。

「姜維の言う策に従って行動しておき、いずれ機を見て姜維を始末してしまえばいい」

と考えていたのではないでしょうか。

両者の関係は、まさに表裏一体です。

姜維が鍾会をあやつったのか、鍾会が姜維にあやつられるふりをしながら、おのれの野望に奉仕させようとしたのか、ここに歴史の微妙なところがありそうです。

蜀

劉禅《りゅうぜん》

どんな色にも染まる皇帝

二〇七―二七一
字は公嗣《こうし》　劉備の子　蜀の後主

劉禅は気の毒な人物です。

二六三年、彼は攻め寄せた魏将鄧艾《とうがい》*に降伏し、国を滅ぼしました。国を滅ぼした人物は悪く言われるのが当然です。

でもそれは、国を興した人物があらゆる賞賛をあたえられるのと対照的なできごとで、当人にとってはいたしかたのないものです。

とくに、国を滅ぼす前には、宦官の黄皓《こうこう》を信じ、自分から国民のために働かなかったのですから、悪評を受けてもしようがない状態でもありました。

劉備は諸葛孔明に劉禅の補佐を託する

劉禅は、自分で気づかぬうちに、国民の心と離れてしまっていたのですから。そしてその結果として国が滅び、彼の幼名の「阿斗《あと》」にまで、ばかものという意味が加わってしまいました。

しかし、おちついてながめてみると、彼は劉備亡きあと四十年も国を保ちました。諸葛孔明亡きあと三十年も国を保っていたのです。

鄧艾に降伏したときも、その動機は、

「これ以上、国民を犠牲にしたくない」

ということでした。

そんな彼ですが、歴史の主役になる可能性がありました。もし諸葛孔明の魏に対する北伐が成功していたら、北部中国を呑みこみ、やがて南下をはかり、呉の孫権を降伏させて天下統一、漢朝再興の主となりえたかもしれません。

諸葛孔明の北伐は結局、成功しませんでした。この意味からすれば、劉禅と諸葛孔明は一心同体、運命共同体でありました。諸葛孔明の北伐の失敗で、劉禅は主役になりそこなってしまったわけです。国を滅ぼしたあと、こんな話があります。

洛陽まで移送され、事実上魏の国を乗っ取ってしまっている司馬昭と対面します。司馬昭は勝者の余裕を示し、宴会をひらいて劉禅をもてなしました。

美妓たちの歌舞に、劉禅はたのしそうです。司馬昭が、

「蜀がなつかしくありませんか」

と問うと、劉禅は、

「こちらに来てたのしいので、なつかしくありません」

と答えます。劉禅にしてみれば、司馬昭のもてなしに対する感謝のつもりなのでしょうが、蜀から同行してきた郤正《げきせい》という臣下が、そっと教えます。

「そのようなことをおっしゃってはいけません。『蜀は先祖の墓のあるところですから、なつかしくてなりません』と答えて涙を流すのです。蜀に帰らせてもらえるかもしれませんぞ」

またしばらくして、司馬昭がふたたび、

「蜀がなつかしくありませんか」

降伏後、司馬昭にもてなされる劉禅

と言いました。劉禅はすかさず、

「蜀は先祖の墓のあるところですから、なつかしくてなりません」

と応じて、両のまぶたをギュッと閉じましたが、しばらくたっても涙が出てきません。すると司馬昭、

「なんだか郤正君の言葉みたいですな」

そう言われた劉禅、パッと両眼をあけ、

「いかにも、その通りです」

と。司馬昭は、劉禅のまったく駆け引きというものを演じることができないさまに大笑いしました。

「いかにも、その通りです」は、司馬昭に対して、

「御明察、おそれいりました」

ということですが、どこかズレを感じさせるやりとりです。

歴史家の陳寿は、劉禅の人柄について、

「白い糸のようだった」

と記しています。良いものにも悪いものにも染まる、無垢な心の持ち主だった、と。

諸葛孔明の北伐が成功していたら、こういう話にはならなかったはずです。

反面、こういう人物ほど操られやすいという意味もあったでしょう。

彼が蜀の皇帝であった四十年は、彼にとっていったいいかなるものだったでしょうか。すくなくとも、劉禅は、彼自身の意志をつらぬいたのでないことは確かでしょう。たまたま劉備の子として生まれ、風船のように時代の流れという風に運ばれただけのようにも見えます。

二　脇に徹した生きかた

魏

張遼《ちょうりょう》

泣く子も黙る猛将軍

一六五―二二二
字は文遠《ぶんえん》　雁門《がんもん》郡馬邑《ばゆう》県の人

呂布*配下の猛将のイメージが強い人物ですが、歴史的には、はじめは丁原（呂布の最初の義父）に仕え、呂布が丁原を殺して董卓*に身を寄せてその義理の息子となったときに一緒に董卓に従い、そののちに呂布が董卓を殺すと、呂布に従ったという順序のようです。

信義に厚い人柄で、呂布の命令を受けて、小沛《しょうはい》の西門を攻めた際、関羽に、

「なぜ逆賊に仕えて不義をはたらくのか」

と言われ、軍を引いたことがありました。

やがて呂布は孤立し、群雄から袋叩きにされて滅びます。張遼もその時、捕われて刑場に引

き出されましたが、劉備・関羽のすすめもあり、曹操に許され、曹操の配下の将軍として働くようになりました。

渡り鳥のように居場所を変えたわけですが、すぐれた武勇と忠義な心を評価され生きのびると、その評価にこたえました。

武の方面もさることながら、曹操と劉備が攻めあう関係となり、劉備は敗走。劉備の夫人たちを守る関羽が土山《どざん》（禿山）に囲まれたときに、人間関係のパイプを生かし、関羽に投降をすすめる使者として働きました。

つづいて西暦二〇〇年の官渡の戦いでも、袁紹*の食糧基地を襲って勝利を得ました。が、二〇八年の赤壁の戦いにおいては、あまり活躍が見られません。

張遼の真骨頂は、そのさらにあとの呉の孫権との合肥の戦いで発揮されました。

孫権は太史慈《たいしじ》の策を用い、張遼の守る合肥城内で火の手をあげさせ、

「謀反だ」

と叫んで回らせます。

これで城内は騒然となったのですが、張遼はあくまでも冷静沈着、

「城内じゅうが謀反などするはずがない。火を消して、その一方、『謀反だ』と叫んでいる者

を捕えよ」と指令しました。

この結果、騒ぎはおさまります。すると張遼はこの計略を逆手にとり、わざと火を起こし、『謀反だ』と大合唱をさせました。

これを聞いた呉の太史慈は、チャンス到来と見て突入し、かえって矢を浴びて戦死してしまいました。

その後、孫権は大軍を率いて合肥攻略に押し寄せます。曹操からの指令は、

「張遼と李典《りてん》は外に出で戦い、楽進《がくしん》は城を守れ」

とありましたが、李典は、

「多勢に無勢だから……」

と渋ります。

その時、張遼は、

「君たちは自分のことばかり考えて、国家のことを考えようとしないのか。それなら、いい。私ひとりで行く」

と一喝しました。

これを聞いて李典は、

「将軍がその覚悟なら、この私も命を惜しむものではない。指令を聞かせていただこう」

と応じました。

李典はもともと曹操の配下でしたから、あとからやって来た張遼に主役顔《づら》をされることにわだかまりがあったのでしょうが、ここで張遼の気合を受けて氷解したようです。

張遼は李典に、

「逍遥津《しょうようしん》の渡し場にひそみ、呉軍が渡ったら橋を落としてくれ」

と指示し、この作戦が大当りして呉軍は総崩れとなり、ほうほうの体で退却して行きました。

そのことから、呉の国では、

「張遼の名を聞けば、小児も夜啼きせず」という言葉がはやったということです。まさに「泣く子も黙る張遼さま」です。

『三国志演義』では、張遼は二二四年、魏帝曹丕*が率いる呉征伐に従い、呉将丁奉《ていほう》の矢を受け、これがもとで戦死することになっていますが、歴史上はその二年前の呉征伐に従軍、病死しています。

その二二二年の従軍も、病気をおしてのことでありました。忠義でありつづけた張遼の面影がしのばれます。

大物二人を手玉にとった歌姫

貂蝉《ちょうせん》

生没年不詳
姓名、字、出身地の史料なし

司徒《しと》の官にある王允《おういん》の家のおかかえ歌姫で、歴史を動かす重要な働きをしました。

彼女は十六歳で王允の家にかかえられた美女で、歌も舞いも達者でした。

黄巾の乱のあと、ごたごたと争いがつづいた朝廷に、二十万の大軍を率いて現われた董卓《とうたく》*が朝廷を我がもののように牛耳り、皇帝の首まですげかえて、やりたい放題でした。

たしかに、董卓にも力づくとは言え、朝廷を落ちつかせたという意義はあるのですが、無道なふるまいが目立ち、王允は心を痛めていました。

そんなある晩、王允は自分の屋敷の庭園内にいる貂蝉を見つけ、

「どうした。誰か男のことでも想っていたのか」

と声をかけます。すると貂蝉は、

「旦那さまが御心痛の様子でしたので、心配しておりました」

と。そこで王允、はたと計を思いつきます。

「国家の大事が、この娘に握られていたとは」

王允は貂蝉に計を話します。まず董卓の義理の息子呂布《りょふ》*に貂蝉を与える約束をしておき、それを裏切って董卓に献上してしまい、呂布と董卓をあやつって両者をいがみあう関係に導こうというものでした。

貂蝉はその期待に応えます。

王允は呂布に、

「なんと董卓どのが貂蝉を奪っていきました。私には抵抗できなかったのです」

と説明します。

呂布が董卓の屋敷に行くと、董卓には見えぬところで、貂蝉は苦しい胸の内を訴えかけます。

その一方で、董卓に対しては、

「呂布がいやらしい眼で私を見るのです」

と言い、両者を巧みにあやつります。

董卓がいない隙をみて、呂布と裏庭で密会した貂蝉はあらためて苦しみを訴えます。

そこへ現われた董卓は、思わず呂布に向かって戟《げき》（槍の一種）を投げつけます。呂布は手でこれをはたき落とし、逃げ出します。

これでいよいよ呂布は董卓を殺さなければ自分が殺されるという立場に追いこまれてしまいました。

そしてついに呂布は董卓の喉を刺し貫いて殺す事態になりました。

董卓の娘婿の李儒《りじゅ》は、

「あんな小娘のひとりぐらい、呂布に与えてしまえばいいのです」

と言ったのですが、董卓は冷静さを見失って貂蝉に夢中であったのです。

貂蝉の男あしらいが巧みだったこともあるでしょうが、それだけ貂蝉は魅力的だったのでしょう。

歴史のカゲに女あり、とは、まさにこの貂蝉を言うのでしょう。

このあと貂蝉は呂布の愛妾となり、呂布と行道をともにしますが、呂布が捕われ処刑されると、それからどうなったものか、物語から姿を消してしまいます。

王允の計略のために捧げられた人生であったと言えそうです。でも、彼女という存在がなければ、歴史はまったく違う方向に進んでいったことに変わりはありません。

蜀

理想の武将に非の打ちどころはなかったか?

趙雲《ちょううん》

?—二二九
字は子竜《しりゅう》　常山《じょうざん》郡真定《しんてい》県の人

三国志の人物人気アンケートで常に上位に位置づけられる名脇役中の名脇役です。職務に忠実で、戦っても強く、まちがいなく責任をはたす姿が好感をもたれるのでしょう。はじめ趙雲は公孫瓚《こうそんさん》に仕えていましたが、公孫瓚が袁紹《えんしょう》*に滅ぼされたあと、劉備にめぐり会い、臣下となります。そして、劉備なきあとも、諸葛孔明を支える将軍として働きました。

二〇八年、曹操が荊州になだれこみ、劉備は駐留していた新野城を追われ、逃げ出しました。人民を帯同していたために、曹操の軍に追いつかれ、当陽《とうよう》県の長阪《ちょうはん》坡で攻めたてられ、多大の犠牲者が出ました。

劉備も、とりあえず自分の身だけを逃れるので精いっぱい、息子の阿斗《あと》（劉禅*）は乱軍の中に取り残されてしまいます。

趙雲はこのとき、単騎で百万の曹操軍の中に躍りこみ、斬りまくって阿斗を救出しました。

これには、曹操が、

「あの見事な将軍を殺すのは惜しい。矢を射かけてはならぬ」

と指令したおかげもあったのですが、趙雲の腹当ての中に抱かれてきた阿斗は、スヤスヤと寝息をたてていました。劉備は阿斗を地面に投げすて、

「お前のせいで優秀な将軍を失うところであった」

と言うのでした。

その後の赤壁の戦いで曹操を斥けたあと、劉備は荊州南部の郡の攻略に向かい、趙雲は兵三千を従えて桂陽《けいよう》に迫りました。

桂陽郡の太守（長官）趙範《ちょうはん》は戦う気はなく、趙雲に未亡人となった自分の兄嫁を娶

ってくれと言いますが、これを一蹴、そのため小ぜりあいが生じましたが結局、桂陽城を取りました。

劉備が、

「いい話ではないか。私が仲人に立とうか」

と言うと趙雲は、

「天下に女はいくらでもいます。大義を犯してまで嫁を得ようとは思いません」

と拒否しました。

信頼のあつい趙雲は、呉の周瑜《しゅうゆ》*が仕かけた政略結婚——劉備と孫権の妹を結婚させ、劉備の身柄を手中に収め、荊州南部の領有権と引きかえにする——の際も、劉備の身辺警護にあたりつつ、冷静に折りを見て諸葛孔明の三つの秘計を実行し、無事に切りぬけました。

そのあとの趙雲の活躍をいちいち書いていたらキリがありません。曹操と戦い、同僚の黄《こう》忠《ちゅう》*が囲まれたときは、単騎で斬りこんで黄忠を救い出し、曹操も、

「あの長阪の英雄が健在であったか」

と舌を巻きます。

迫り来る曹操の軍に対し、手勢はごくわずか。趙雲はわざと陣門をガランと開けています。

曹操は「罠あり」と見て、襲いかからず軍を退きました。

劉備はあとでこの大胆な作戦を聞き、

「趙雲は、満身これ肝であるな」

と感歎しました。

しかし、時が移るうちに、関羽も張飛も黄忠も馬超も、世を去り、劉備もまた二二三年、白帝城改め永安で死去してしまいます。

諸葛孔明は残る趙雲や魏延《ぎえん》*とともに、魏に対する北伐を行わねばなりませんでした。

趙雲は二二七年からの第一次北伐に従い、箕谷《きこく》から出て敵を引きつける役を命ぜられます。しかし、馬謖《ばしょく》*の失策により、この第一次北伐全体が失敗に終わってしまいました。

二二九年、またも北伐を敢行せんとする孔明に、趙雲の病死が伝えられます。孔明は、

「ああ、趙雲の死は、国家にとっては棟木《むなぎ》が落ちたようなもの、私にとっては右腕を失ったようなものだ」

と嘆きました。

——以上のような姿は、理想的な武将であり、臣下であり、非の打ちどころがないかのようですが、『三国志演義』はそんなに薄っぺらい作品ではありません。

趙雲もいつしか老齢となりますが、自分ではそれを認めたくなくて、意気盛んに出陣しますが包囲され、救出される話も書いています。以前、老将黄忠が勇み立って出陣したときに、

「あんな老人を出すなんて」

と嘲笑したことがある趙雲が、みずから心配される年齢になっていたことを描いています。

それまでの働きが、顕著で人をうならせるほどの経歴を重ねてきただけに、かえってそういう過去の栄光はみずから忘れがたいものになっていたわけです。

いつでも冷静沈着、時に大胆に働いてきた趙雲ですが、いざわが身のこととなると冷静になりきれないのでした。

蜀

劉備が悔やんだ、老将への一言

黄忠

こうちゅう

?—二二〇
字は漢升《かんしょう》　南陽郡の人

荊州南部の長沙《ちょうさ》郡大守（長官）韓玄《かんげん》に仕えた忠義な武将として舞台に登場します。もとは荊州刺史《しし》劉表に仕えた経験をもっています。

二〇八年、赤壁の戦いのあと、関羽が長沙に攻め寄せました。黄忠はその迎撃を指揮する大将として関羽と打ち合いますが、万夫不当《ばんぷふとう》の実力者関羽とまったく互角に渡り合い、決着がつきません。

このとき黄忠は六十歳を超える老将でした。その実力を評価した関羽は、戦闘中に黄忠の馬の脚がくじけ、黄忠が投げ出されたとき、黄忠に斬りかかろうとせず、

「出なおしてこい」

と、見のがしました。

これに応えるかたちで、翌日、黄忠は関羽を弓で射る際、わざと狙いをはずして関羽の兜の緒を射切ってみせました。実は黄忠は驚くべき弓の名手でありました。

しかし、これを城壁の上から見ていた韓玄は、

「敵側に内通しているのだな」

と解釈し、もどってきた黄忠を捕え、処刑しようとします。

このとき、魏延《ぎえん》*が韓玄を斬り殺し、黄忠は助かりました。

黄忠ほどの使い手が、やすやすと捕われ、処刑寸前までいってしまうことなど考えにくいことですが、それだけ黄忠は主君に忠義な犬のような性格を示したのでした。

劉備に仕えることになってからも、その性格は変わらず、一徹に働きました。

老将厳顔《げんがん》とのコンビで、魏将張郃《ちょうこう》*に勝ち、さらに定軍山《ていぐんざん》の戦いでは、魏の夏侯淵《かこうえん》を討ち取る大活躍をします。

でも、どこかに焦りのようなものがあったようです。

「もう年なのだから」

長沙で関羽の兜の緒を射切ってみせる黄忠

という眼で見られることを承知していながら、

「そんなことはない。自分はこのとおり働ける。見てくれ」

と言いたくてたまらない感じがありました。

忠義なる性格ゆえに、いつまでも主君の役に立つ存在でいつづけたくてたまらないのです。それが生きがいだったと言ってしまってもよいほどに。

劉備もそんな黄忠の性格をよく理解しながら使いこなしていましたが、二二〇年、魏の曹丕*が献帝を廃し国を奪います。対抗して蜀の地で皇帝の位にのぼった劉備は、みずから軍を率いて長江をくだり、呉への征伐を敢行しました。

以前、呉軍に捕われ処刑された関羽の弔い

合戦です。黄忠もその軍に従い、活躍しました。

しかし、ここで勇み足を生じてしまいました。劉備は黄忠をはげます意味で、

「年寄りは役に立つまいから」

と言ったのでしたが、黄忠はその言葉に発奮しすぎ、深追いをして矢傷を受けて重体におちいりました。

劉備も、「余計なことを言ってしまった」

と悔やみながら、黄忠を見舞います。

黄忠は、

「もう年齢的には不足はありません。充分です。どうか天下統一をなしとげてくださいますよう」

と言いのこして、息絶えました。

欲張らず、弁解せず、ひたすら忠義に生きた黄忠。その一方で、自分の老いを認めたくないために命を落とすことになりました。老いを拒否しようとする衝動が、手柄を欲張り焦る行動と一致してしまったような瞬間が、彼を滅ぼしたのでした。

蜀

馬岱《ばたい》

孔明の密命を果たした「いぶし銀」

生没年不詳
字の史料なし　扶風《ふふう》郡茂陵《もりょう》県の人

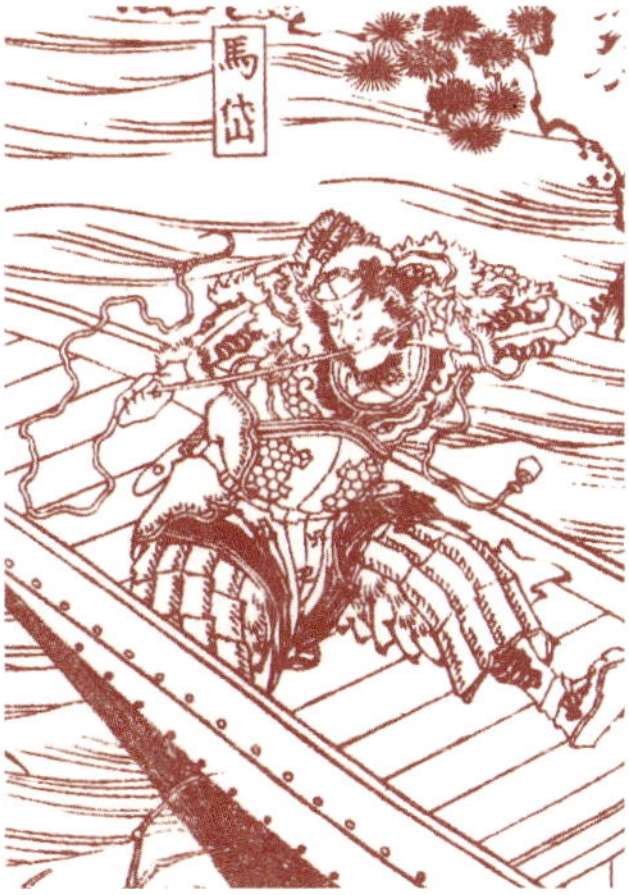

ふだんはあまり目立たず、黙々と忠実にはたらきながら、いざという場面で目の覚めるような活躍をする人物がいます。三国志の世界では、この馬岱もそのようなタイプの武将です。要所を締める名脇役といったところでしょうか。

はじめは馬超《ばちょう》の弟分という感じで登場します。このとき馬超は父親の馬騰《ばとう》を曹操に殺されたため、軍を率いて長安に迫りました。

この戦いは結局曹操に勝てず、馬超らは漢中を支配する宗教家張魯《ちょうろ》のもとに身を寄せます。そこに、蜀取りを果たした劉備の軍が来て戦争となり、この時、馬岱に劉備配下の将魏延《ぎえん》*に矢傷を負わせました。

やがて馬超が劉備に降ると、ともに劉備をたすけて働くことになり、そのまま劉備の死後も蜀漢の将軍として奮闘します。

劉備の死後行われた諸葛孔明による南方征伐で南蛮の王孟獲《もうかく》*と戦い、さらに孔明のたび重なる北伐にも従いました。

西暦二三四年、孔明は奮戦むなしく、五丈原で病没し、蜀軍は退却してゆきます。が、ここで問題が発生します。孔明のあとの体制のなかで、魏延が反乱を起こしたのです。そのとき、馬岱は魏延と行動をともにしました。

孔明の遺嘱を受けて退却の責任者となった楊儀《ようぎ》と魏延は犬猿の仲でした。間道を先回りした魏延と対峙した楊儀には、孔明が生前に、もしもの場合を考えた秘計が授けられていました。

楊儀は魏延に対し、

「お前が反乱することは、諸葛孔明丞相閣下がお見通しであったぞ。もしお前がまことの男子なら、『おれを殺せる者がいるか』と三回叫んでみよ」

と呼びかけました。魏延は、

「丞相が生きているうちは、いくらか遠慮もしたが、今や何の遠慮もない。三回と言わず三万回でも叫んでやる」

と応じ、

「おれを殺せる者がいるか」

と大声を張り上げました。

その時、魏延のかたわらにいた馬岱が、

「ここにいるよ」

と言うなり、魏延をバッサリ斬り落としました。

諸葛孔明は生前、馬岱をひそかに呼んで魏延が反乱した場合には、魏延に同調しておいて……と命じてあったのでした。

実は以前、張魯のもとにいた時、馬岱が魏延に矢傷を負わせていたというのは、両者の縁を示す伏線でした。

こうして蜀に帰国したあと、馬岱はふっつりと物語から姿を消してしまいます。没年もわかりません。

いぶし銀の活躍に徹した、この人らしい生き方であったと言うべきかもしれません。

魏

忠実無比な手駒の生きかた

曹洪《そうこう》

?—二三二
字は子《し》廉《れん》　沛《はい》国《こく》譙《しょう》県の人　曹操の従弟

弓術にすぐれ、武道の達人にして無類の忠義。主君のためなら自分の命を投げだすことも厭わぬ生きかたは、乱世にあっても比類なきものでした。

他人を蹴落とそうとか、他人の足を引っぱろうということをせず、ただひらすら己れの働きによって手柄をたてようとする姿は、個人として見た場合、非常に魅力的な人物であったと思われます。

曹操に従い、反董卓の戦いのとき、まず曹洪が光り輝くときを迎えました。

曹操は、逃げる敵をついつい深追いしてしまい、伏兵に馬を射られて落馬しました。

この「あわや」のときに現われたのが曹洪で、敵兵を斬り伏せると、自分の乗っていた馬を曹操に差し出します。

曹操が、

「そんなことをしたら、お前が……」

と言うと、曹洪は、

「天下に洪なかるべきも、公なかるべからず」

と言いました。天下にこの曹洪などいなくてもかまいませんが、公《との》はいなくてはなりませんということです。

この無類の忠心に守られて曹操は危機を脱しました。

曹洪は忠実な手駒として、これ以降も息のながい活躍をしますが、どちらかというと地味な感じがありました。

でも、どこか直情径行的なその性格は、裏目に出ることもあります。

西涼の馬超《ばちょう》が父馬騰《ばとう》を殺され、その仇討ちとして軍を率いて来襲し、曹操に挑みかかります。

このとき曹洪は、

「十日間じっと陣を守りつづけよ」

と命じられました。

はじめは守備に専念していた曹洪ですが、馬超の軍の様子がだらけきっているのを見て周囲の制止も聴かず、飛び出して攻撃をしかけました。

しかし、これは馬超の誘いの隙。たちまち反撃をくらい、大敗してしまいました。

事前に、短気な曹仁《そうじん》が、

「曹洪は短気だから心配だ」

と言っていたのが当たってしまいました。

この一件を曹洪の立場から弁護すると、まず「武」の方面に関して自信を持っていたことが挙げられるでしょう。

そしてそこに燃えさかる火のような忠誠心と闘争心。主君のために手柄を立てたいという強い思いが彼を駆りたてます。

それが焦りを生んでしまったのです。

以前、曹洪は、「つい調子に乗って勝利を焦り、深追いをして危機に陥った曹操」を救いました。

そして今回、その彼が、「つい馬超の誘いの隙に乗ってしまった」のでした。

人間、「いける」と思った瞬間が一番あぶないのかもしれません。

このあと、曹洪は曹操の手駒のひとつ、あるいは組織の部品のひとつとして働きます。

そして曹操の死に慟哭します。

その姿は、いかにも曹洪らしい、この人らしい姿に見えます。

魏

組織の中では、個性よりも忠実さなのか？

張郃

ちょうこう

?—二三一

字は儁乂《しゅんがい》　河間郡鄚《ばく》県の人

人は長年、戦場に身をおくことで鍛えられるものなのでしょうか。

張郃ははじめ袁紹*に仕える武将でした。西暦二〇〇年の官渡の戦いでも、かなり奮闘しましたが、仲間のはずの袁紹の参謀郭図《かくと》に讒言《ざんげん》され、「袁紹に処刑されるくらいなら」と、曹操の側に寝返り、そのあとはずっと魏の将軍として働きました。

実際の戦闘では敗走することも多かったのですが、やがて大きな仕事をすることになります。それは街亭の戦いにおいてです。これは諸葛孔明の第一次北伐を受けとめたもので、歴史上、重要なポイントでした。

孔明が率いる蜀軍の先鋒は馬謖《ばしょく》*。期待の新人です。馬謖は街亭まで来ると、地形を見て、山の上に布陣しました。

これを知った魏の都督（司令官）の司馬懿《しばい》は、張郃に命じて、馬謖が陣取る山を包囲させます。そして、誰も脱出できないように固めてしまいました。

山上で留まらされた蜀軍は、水を汲みに下りることもできず、うろたえて自滅していきました。

これで張郃は大勝利をかざりましたが、要は武将として命令通りに働いたということで、決して彼自身のセンスが光ったわけでもありません。

彼は、あくまでも「優秀な手駒」でした。

このあとも孔明対司馬懿の戦いがつづきます。張郃はあいかわらず忠実に働きますが、孔明の策に引っかかることもしばしばで、うまくいきません。

そんなイライラがつのったか、彼は最後に孔明の策によって、木門道《ぼくもんどう》で命を落とすことになりました。

蜀軍の関興《かんこう》（関羽の子）・魏延《ぎえん》*と渡り合い、優勢に戦いを進めます。関興と打ち合い、関興が引いていきます。

木門道で蜀軍の計略に会って戦死する張郃

張郃は伏兵を注意しながら、追います。すると今度は魏延がかかってきます。そして魏延が引くのを追って行くと、再び関興が現われ、打ち合ってまた引く、これを追って行くと……のくりかえしで、張郃はいつしか木門道に誘いこまれました。

突然、前方に大木や石が落ちてきて道をふさぎます。引きかえそうと思うと、後方も木や石で遮断されていました。

「しまった。罠だったか」

と気づくも遅し、矢や石が雨のように浴びせかけられ、手勢百人とともに戦死してしまいました。

彼は脇役のなかでも、個性に乏しい人物です。彼を勝たせたのも司馬懿の戦略なら、彼を死に至らしめたのも孔明の戦略でした。

そこに個人のうめきや叫びがあるわけでもなく、独自の人間観が見られるわけでもありません。

ほんとうに将棋の駒が、相手の手に渡っても飛車はあいかわらず飛車であるというような感じです。

でも、組織のなかには、こういうタイプの人物も必要なのではないでしょうか。

魏

郝昭《かくしょう》

知略をもって天才軍師を翻弄する

生没年不詳
字は伯道《はくどう》　太原郡太原県の人

諸葛孔明の魏に対する第一次北伐は、街亭《がいてい》での馬謖《ばしょく》*の失敗のため、成功しませんでした。しかし孔明はその翌年（蜀の建興六年・二二八年）に再び軍を出し、魏を攻撃しました（第二次北伐）。

このとき魏の都督《ととく》（司令官）司馬懿の推挙で重要地点陳倉《ちんそう》の守備にあたったのが郝昭でした。郝昭は堀を深くし、土塁を高くして壁をつくり、周囲には逆茂木《さかもぎ》をめぐらして待ちかまえています。

そこに来た孔明は、まず郝昭の同郷人をつかわして降伏を呼びかけました。

郝昭はこれを相手にせず、

「攻められるものなら、攻めてこい」

とかえって孔明を挑発します。

孔明は地元民に、

「陳倉城内には、どのくらいの兵士がいるのか？」

とたずねます。

「三千名ほどでしょうか」

孔明は笑いました。

「この程度の小さな城で私を防げるものか。魏の援軍が来る前に、さっさと陥としてしまおう」

孔明は雲梯《うんてい》と呼ばれる梯子車で城に迫ります。すると郝昭は城の上から火矢を浴びせかけ、雲梯を焼いてしまいました。

ならば、と孔明は衝車《しょうしゃ》（尖端がとがった大木を装備した戦車の一種）を繰り出し、これで城壁を破壊しようとしました。

郝昭は今度は城の上から大きな石を落としてこれを破壊してしまいます。

それならば、と孔明、地下道を掘って陳倉城中にアプローチを試みますが、今度も郝昭は堀の深さをさらに深くし、地下道を無効にしてしまいました。

神のごとき天才軍師のイメージがある諸葛孔明も、繰りだす手が全部封じられてしまい、どちらが天才軍師かわかりません。

このあたり、『三国志演義』の原文には、

「孔明正在営中憂悶（孔明まさに営中に在りて憂悶す）」

と書かれています。孔明は陣中で悩み、もだえてしまいました。それも解決策のない悩みに。「この陳倉の小さな城で…」と笑っていたその余裕はどこへやらです。

郝昭おそるべしです。完全に主役の孔明を食ってしまっています。

『三国志演義』は諸葛孔明を神のようには描いていないのです。ただ読者の判官びいきに傾く心理の影響で孔明の美化がおこなわれているようです。

——で、結局このあとはどうなるのかと言うと、郝昭は重病におちいってしまい、そこに孔明の軍の襲撃をくらってショック死してしまいます。

そのようなことがなかったら、郝昭は魏の国において、「諸葛孔明をかるくあしらった名将」として誉めたたえられることになったでしょう。

郝昭こそ、諸葛孔明との直接対決で孔明をしりぞけた唯一の存在と言っていいかもしれません。

もうひとり、司馬懿も孔明の進攻をゆるさなかったという点で、郝昭と似た位置に立っています。

郝昭はそんな司馬懿の推挙で登場した人物でした。

郝昭の病死で陳倉は陥ちます。城中にはいった孔明は、郝昭の妻子を捕えたりせず、郝昭の柩《ひつぎ》を守って魏に帰ることを許しました。

強力な敵であり、魏国への忠義をつらぬいた郝昭への敬意のあらわれです。

魏

満寵

すぐれたスパイに必要な資質とは？

まんちょう

？—二四二
字は伯寧《はくねい》　山陽郡昌邑《しょうゆう》県の人

はじめ曹操に仕えて軍の従事（属官）となった彼は、スパイとして働きました。各地に潜入し、情報を報告するのですから、冷静さや洞察力にすぐれていなくては務まりません。

その点で、満寵はきわめて適任であったようです。

自分の個性を前面に出すことをせず、ひそみ隠れるようにして情報を集めます。彼には彼独特のネットワークがあったのでしょう。

スパイとして働くときに必要な冷静さは、ほかの場面でも力を発揮しました。

荊州南部から北上して猛威をふるう関羽によって、曹仁《そうじん》と満寵の守る樊城《はんじょう》が水攻めにあいます。

折からの秋の長雨を利用しての作戦でした。城内は動揺し、曹仁も浮足立ってしまいました。

このとき、満寵は冷静に、

「洪水は十日もあれば、おのずと引いてゆくものです」

と言い、樊城を持ちこたえさせました。

要所ですぐれた資質が光ります。

のち、諸葛孔明の北伐に協力せんものと、呉の孫権が三方面から魏を攻撃する軍を出しました。

満寵は、みずからその迎撃の軍を率いた魏帝曹叡《そうえい》*に従い、ここで作戦を提言しました。

巣湖《そうこ》東岸の呉の水軍の陣に夜襲をかけてこれを焼きはらいました。

このために呉軍は連係がバラバラになって、魏への攻撃どころではありませんでした。

情況分析にたけた見事な作戦です。

その後、満寵は物語から姿を消してしまいます。

歴史書の『三国志』のほうにも、満寵の伝記があります。それによると、満寵は、のちに中央政府に入り、大尉（軍最高司令官）となりましたが、きわめてクリーンで家には余分な財産がまったくなかったといいます。

蓄財に走ることがなかったのです。

ひょっとすると満寵は、金というものの性質をクールに見ぬいてしまっていたのかもしれませんが、あちこちから裏金を受け取るような人物が持ってきた情報が信用されるはずはありません。

諜報活動は、こういう人にこそ向いているのでしょう。

呉

黄蓋《こうがい》

気迫の猛将、大芝居をうつ

生没年不詳
字は公覆《こうふ》　零陵郡零陵県の人

呉の孫堅《そんけん》（孫策・孫権の父）の旗挙げのときから従っていた古株の武将で、二〇八年の赤壁の戦いでの活躍が顕著です。

曹操の荊州南下で追われた劉備は、呉の孫権のもとに諸葛孔明を送り、ともに手を結んで曹操を撃退しようと持ちかけました。

長江下流の拠点江陵《こうりょう》を制圧する曹操に対し、呉の国論は、和戦両様に真っぷたつに分かれました。

文官は、曹操に降っても現職留任の可能性がありますから、和睦しようと主張します。

一方、武将たちは、戦わずに降ることなどもってのほかと、抗戦をとなえます。

文官たちは、使者としてやって来た諸葛孔明に議論をふっかけ、はばもうとします。そのいちいちに孔明は反論しますが、入れかわり立ちかわり議論をふっかける者が出て、キリがありません。

その時、黄蓋が出てきて文官を一喝し、孔明を中に通します。

軍事の責任者周瑜*はなかなか態度をあきらかにしませんが、ひとたび「曹操と決戦」と定まると、黄蓋は身を殺し、ある策略を実行しようとします。

同じ孫堅の代から仕える古株の武将程普《ていふ》が、周瑜とソリが合わなかったのと比べて、黄蓋は周瑜へのポイントが高いのです。

黄蓋は、公式の場でわざと周瑜にさからって罰として百叩きの刑に処せられます。棒で背中や尻を叩かれる刑です。

打ちすえられるにつれ、背中は赤く腫れあがり、やがて皮膚が破れて鮮血がほとばしり、凄惨なありさまです。

刑がおわったあと自室に運ばれた黄蓋は息も絶えだえの状態でした。

そして黄蓋は、曹操に対し、

「自分はこれこれの状態で周瑜を怨んでいる。そちらに自分の率いる船団ごと投降したい」と申し入れました。

こういう場合、中途半端な叩かれかたでは説得力がありません。実際に、かなりの重傷を負いました。

でも、そのおかげで、曹操は黄蓋の投降を信じました。

自分で自分の肉体を痛めつけて計略を行うので「苦肉の計」と呼ばれます。

黄蓋は船団の船に燃えやすいものや油を満載し、投降すると見せかけて近づくや、一気に火をはなちました。

折からの風を受けて曹操の水軍は焼かれてしまいました。

苦肉の計、大成功です。

もっとも、この勝利は黄蓋だけの働きでもたらされたものではなく、曹操に、

「船と船を鎖でつないでしまえば、揺れが少なくなる」

と、「連環の計」を用いて火攻めを効果的にした龐統《ほうとう》*や、冬に吹かないはずの東南の風を天に祈って吹かせた諸葛孔明という存在があってのものでありました。

諸葛孔明に議論を吹っかける文官たちを一喝して斥けたのも黄蓋の気迫。へたをすれば死ん

でしまいかねないような棒刑をくらい、苦肉の計を実行し、成功させたのも、黄蓋の忠義一徹の気迫でした。

徹することの重要さを示唆してくれるのが、この黄蓋です。

黄蓋はこのあと物語から姿を消します。歴史書の『三国志』のほうの黄蓋伝によると、そのあとも将軍としてはたらきました。でも、さしたる大きな業績はなく、普通に病死しています。

呉

魯粛《ろしゅく》

理想と現実のはざまに悩みつづけて

一七二―二一七

字は子敬《しけい》　臨淮《りんわい》郡東城《とうじょう》県の人

大きな目標をかかげ、その実現・達成のために日々努力を積みかさねてゆくというのは、たしかにうるわしい生き方でしょう。

でも、現実は、複雑な要素がからみあっているものですから、ふとした外力によってさまたげられたり、実現が大幅に遅れてしまったりすることがあります。

魯粛の人生を見ると、いつもそんな理想と現実のはざまで妥協を余儀なくされるように見受けられます。

魯粛は、文武両道にすぐれた人物として、周瑜*の推挙によって孫権に仕えるようになりまし

魯粛が周瑜に諸葛孔明を引きあわせる

た。

　やがて荊州になだれこんで来た曹操の軍に追われた劉備らが江夏《こうか》の地に逃げて来ると、魯粛は現状の視察をかねて、劉備のもとに使者として立ちます。

　そして諸葛孔明と周瑜を引きあわせる重要な役割を果たしました。

　しかし、根が温厚篤実でまじめな人柄のため、孔明と周瑜の間にはいってオロオロするばかりでした。

　曹操との戦いのあとを見すえる周瑜は、孔明がじゃまな存在に思えます。そこで、孔明を殺してしまおうと考えますが、魯粛はこれを止めます。

　まだ曹操との戦いが始まっていないのに孔明を始末しようなど、現実派の魯粛にはとても賛同できなかったのです。

　魯粛は、孫権に仕えている孔明の兄諸葛瑾《しょかつきん》*に弟孔明を説得させようとしますが、これは不調におわります。

赤壁の戦いのあと、困ったことが起きました。劉備らが荊州南部の郡に居座ってしまったのです。

魯粛の当初の天下構想では、まず荊州を奪い取り、さらに長江上流の益州（蜀）を取り、北の曹操との南北対決へ、というコースであったのに、そんなことをされては、構想は頓挫してしまいます。

しかし、荊州南部の劉備と大戦争をはじめたら、北の曹操が黙っていないでしょう。両者が戦闘に疲れた頃合いを見はからって一気に軍を南下させるでしょうから。

この現実がまた魯粛をしばりつづけます。うかつなことをすれば――周瑜は十分やる気でしたが――曹操に利を与えるだけです
曹操が荊州になだれこんできたとき、荊州の長官劉表は病死し、あとを継いだ劉表の次子劉琮《りゅうそう》が荊州を曹操に献上してしまいました。劉表の長子劉琦《りゅうき》は劉備らとともにいたのですが、赤壁の戦い以降、荊州の地は、曹操・劉備・孫権の必争点となりました。

なんとか交渉によって荊州南部を得たい孫権の命で、魯粛は使者に立ち、「劉琦が死んだら荊州南部は呉に明け渡す」との言質を取って帰ります。

魯粛を迎えた孫権はわざわざ下馬してねぎらいましたが、魯粛は、

「殿に天下統一を成しとげていただき、歴史に名を残すほうが私にとって名誉です」

と大きな志を語ってみせました。

でも、その後も魯粛は現実の前に妥協をくりかえしました。

ほどなく劉琦が死去したので、約束通り劉備に荊州南部を明け渡すよう求めると、今度は、

「蜀の地を取ったら、明け渡す」

と言い出します。

周瑜は「君は人が良すぎる」と激怒します。劉備との大戦争を避けたい魯粛には余儀ない選択でした。

結局、周瑜は孔明との戦略的駆け引きに敗れ、悶死してしまいます。魯粛は後任の都督（司令官）になりました。

その後、孫権に迫られ、荊州南部の明け渡しを求め、荊州に居座る関羽と直接交渉し、その席で関羽を殺そうと謀りましたが、ここでも失敗しました。関羽が魯粛をつかみ、楯のようにしてしまったためです。

荊州南部が呉に明け渡されたのは、曹操が漢中の地を取り、蜀に迫ったからでした。劉備ら

としては、目の前に迫る曹操だけでなく、孫権とも同時に戦うのは、現実的に無理だったからです。

魯粛はこのあと、ひっそりと死亡が語られるだけで、三国志の世界から退場してしまいます。魯粛は内なる天下構想と外なる現実のはざまで揺れ動き、つねに現実を優先して妥協をくりかえしました。あれほど手を焼いた荊州南部も、たまたま曹操が漢中を取ったという外力で、魯粛のあずかり知らぬところから転がりこんできました。

「運」とか「運命」と言いますが、魯粛の場合、運が良かったのでしょうか。それとも悪かったのでしょうか。

呉

脇役中の脇役に回った孔明の兄

諸葛瑾

しょかつきん

一七四―二四一
字は子瑜《しゆ》　琅邪《ろうや》郡陽都《ようと》県の人

諸葛亮（字は孔明）の実の兄ですが、三国志の世界ではなばなしいスターである弟にくらべ、完全に脇役となっています。

しかも彼は弟の孔明が劉備に仕えるよりも前に、呉の孫権に仕えていました。兄弟で仕える相手がちがうということは、血を分けた兄弟という人間関係にも微妙な影をおとすところがあったことでしょう。

はじめは魯粛《ろしゅく》*の推挙で孫権に仕えることになった彼は、博覧強記の人物で、分厚い教養を生かして仕事をする文官でした。

ですから、やがて起こる赤壁の戦いにおいて軍事的役割をはたすことはありませんでした。呉の大都督《だいとと》（司令官）の周瑜*は、自分を上まわる才能の持ち主である孔明に、いろいろな働きかけをおこないました。

そのなかで諸葛瑾は、弟の孔明を説得して呉にとどまらせ、孫権に仕えるように仕向けようとしましたが、相手にされず、不首尾に終わります。

赤壁の戦いののち、蜀取りにかかった劉備は、荊州の南都に関羽を配置して守らせます。それが邪魔でならない孫権は、まずは穏やかに、関羽の娘を孫権の息子の嫁にもらいたいと申し入れました。

その使者として立ったのが諸葛瑾です。弟孔明が劉備に仕えているので、ここはひとつその顔を立てて受けいれてはくれないか、と。

ところが関羽は、

「虎の娘を犬の子なんかにやれるか」

と怒り、相手にしません。

さすがの諸葛瑾も、どうすることもできず、帰って行きましたが、報告を聞いた孫権は激怒し、南から関羽を攻める決心をしました。

北からは魏の徐晃《じょこう》が率いる軍、南からは呉の呂蒙《りょもう》が率いる軍とで挟み撃ちにあった関羽は麦《ばく》城《じょう》に立てこもります。

関羽の才を惜しむ孫権は、ここでまた諸葛瑾を麦城につかわし、投降するよう呼びかけさせました。

しかし、関羽は、

「玉は砕くべきも、その白さを改めず」

と応じました。すでに覚悟はできていたのです。

結局、ここでも諸葛瑾は使者としての役割をはたすことはできませんでした。

逆に、関羽の悲愴な覚悟の引き立て役でしかありません。

関羽は呉軍に捕われ、処刑されました。

この知らせを聞いた劉備は、みずから呉征伐に動きます。そこでまた諸葛瑾が使者としてつかわされ、

「倒すべき真の敵は、国を奪った魏の曹丕《そうひ》*のほうです」

と懸命に訴えますが、関羽を失った劉備の感情はおさまらず、やはり成功しません。

このあとは、曹丕が仕かけた無理な呉征伐の軍を破る働きもしますが、それ以外は失敗つづ

きで、パッとしません。

かえって息子の諸葛恪《しょかつかく》が目立ちます。諸葛瑾は顔が長かったので、ある宴会の時、孫権がたわむれに一頭の驢馬《ろば》を引き出し、その顔に「諸葛子瑜」と書きつけてみせました。「子瑜」は諸葛瑾の字です。

すると諸葛恪は、

「筆を拝借」

と言い、「之驢」の二字を書き加えました。

これで「諸葛子瑜之驢」(諸葛子瑜の持ちものである驢馬)ということになり、驢馬は彼に下げわたされました。

どうも諸葛瑾は気の毒な引き立て役ばかり割りあてられてしまっているようです。彼が温和な文官として働いていたであろうさまは、まったく物語に記されません。その意味からすると、彼は「脇役の中の脇役」ということになるのかもしれません。

呉

陸遜《りくそん》

表舞台に飛び出した「白面の書生」

一八三―二四五
字は伯言《はくげん》　呉郡呉県の人

呉が孫権の代になってから仕えた人物で、のち孫権の兄孫策《そんさく》の娘を妻としました。はじめのうちは目立ちません。二〇八年の赤壁の戦いでも五番手の将軍ですから、若手の俊英といった感じであったでしょう。

学究肌らしく、「白面の書生」が彼の呼ばれかたです。室内で本を読んでばかりいるから日に焼けることがない色白の青年というイメージです。

やがて赤壁の戦いのあとからずっと荊州南部に居座りつづける関羽が、軍を率いて北上します。将来魏を攻撃する際に、荊州と蜀と二方面から軍を出そうという諸葛孔明の策の一環として関羽を動かしたのです。

関羽は猛威をふるい、曹操もはげしく動揺しますが、この様子を見て、呉の孫権は背後から荊州を襲い、領地を奪い取ろうと考えました。

このとき陸遜は、都督（司令官）の呂蒙《りょもう》に、

「あなたは病気で引退したということにして、後任の者を立てるのです。そしてその後任の者には、ひたすら辞をひくくして関羽の下手に出させます。こうすれば関羽は油断して北上作戦ばかりに力を入れ、南のほうを警戒しなくなるでしょう。そのときがチャンスです」

と提案し、陸遜自身がその「後任の者」というかたちで、関羽を油断させました。

その結果、荊州南部を攻略し、関羽を捕えるという大戦果があがりました。

ここまでの陸遜は裏方として働いています。表には出てきません。

彼の本領はそれよりもあと、二二二年の劉備による呉征伐を迎撃する司令官に任命されたところから始まります。

関羽の弔い合戦として長江を下り、呉に迫る関羽の軍は強力でした。

陸遜は「待ち」の作戦に出ます。劉備の七百里におよぶ長蛇の陣に対し、攻撃をしかけようと主張する武将たち。陸遜は彼らの言うことを聴きません。

やがて、劉備の軍は長期滞在で疲れ、だれてきました。そこで陸遜は作戦の実行にかかりました。

七百里にわたる劉備の陣を、ひとつおきに焼き打ちにして連係を断ち切り、一気に攻めたてました。

不意をつかれ、連絡を断たれた蜀軍は、総崩れとなり、逃走しました。

冷静に情況を分析し、絶好のタイミングまで待ちつづけた作戦の勝利です。

こうして成功してからなら、何とでも言えますが、白面の書生陸遜がその表舞台に立てたのは、関沢《かんたく》という人物が、「一族全員の命をかけてもいい」と強力に推挙してくれたおかげです。

関沢がいなければ、陸遜もいなかったのです。

さて、陸遜は劉備を破ったあと、魏からの攻撃にも備えは万全で、つけいる隙はありません。

劉備の死後、関係を修復した蜀と呉。孔明は北伐にあたって呉にも魏に対する軍を出してほしいと要請しますが、承知だけしておいて模様ながめです。「待ち」の作戦が得意な陸遜一流の姿勢です。

いよいよ出陣となると、魏帝曹叡*みずから軍を率いて迎え撃ち、満寵《まんちょう》*の働きで呉の諸葛瑾*の軍が敗れてしまいます。

陸遜は、軍を転じて魏軍の退路を断つ作戦を孫権に伝えようとしますが、これが漏れて失敗に終わります。

しかし、呉軍の引き揚げかたが見事で、曹叡が追撃せんとすれば、呉軍の陣はすでにもぬけのから。

「孫子・呉子にも劣らぬおそろしい奴」

と、曹叡も舌を巻きました。

『三国志演義』が語る陸遜像はこのようなもので、あとは孫権より前に陸遜は世を去っていたと書かれるばかりです。

歴史上の陸遜は、孫権の後継者争いに巻きこまれ、孫権からの問責を受けて憤死しています。表舞台で大活躍してしまったために、ゆっくりと書物をひもとく晩年は与えられなかったわけです。

魏

鄧艾《とうがい》

夢占いは「生きて帰れない」

？—二六四
字は士載《しさい》　義陽郡棘陽《きょくよう》県の人

司馬懿に才能を高く評価されていた人物ですが、志を内に秘めるタイプでした。

その特徴は、地理に詳しいことで、よその土地に出向くと、山や平野の様子を分析し、

「ここには伏兵をどのくらい配置できるか」

と考え、メモをするのが常でした。

彼は吃音症があり、自分の名をなのるときも、

「艾、艾」

と発音しましたが、これを、

蜀の姜維（右）と戦う鄧艾

「鄧艾は何人いるのかね」

とからかわれると、

「『詩経』に、『鳳《おおとり》よ、鳳よ』とありますが、鳳は一羽でございます」

と、見事に切りかえして相手をやりこめました。

彼は、孔明なきあと蜀軍を率いて北伐をかさねる蜀の姜維《きょうい》*と戦いをくりかえしましたが、その本格的な活躍は、司馬昭（司馬懿の次子）の命を受けて、鍾会《しょうかい》*とともに蜀征伐を行ったことです。

当時、司馬昭は魏の国の実権を握っていました。

鍾会は、剣閣《けんかく》からのルートで蜀に迫り、鄧艾は真北からのルートで蜀を目指しました。

この真北からのルートは、道が非常にけわしいので、警備が手薄でした。諸葛孔明が生きていたころには、念のために警備隊を配置してあったのですが、蜀の皇帝・劉禅*はこれを廃止してしまいました。警備隊を置くには、人件費もかかります。「まさかのときの保険」のようなものですから、「この道から敵の軍隊が来ることはまずあるまい」となれば、廃止もやむなしといったところかもしれませんが、鄧艾はその「まさか」をやってのけたのでした。

このとき鄧艾は不思議な夢を見ました。自分が漢中の地に立って四方を見はらすと、足元から水が湧いてくるという夢です。占わせてみると、

「西南の方向に利あらず。帰れない」という結果でした。

それでも鄧艾は進軍をかさね、急な断崖はみずから毛氈をまいて先頭を切って転げおちてみせました。

すると、道ばたに碑が立っています。孔明の建てた碑でした。その碑文に、

「二人の士が功を争うが、どちらも生きて帰れない」

とありました。鄧艾の字は士載、もうひとり鍾会の字は士季、「二人の士」です。

胸をつかれた鄧艾は、

「このような人物に生きてお目にかかりたかった」

と碑前に額《ぬかづ》きました。

こうして進軍してみると、途上の城は抵抗は少なく、かつ弱いものでした。諸葛瞻《せん》(孔明の子)・諸葛尚《しょう》(諸葛瞻の子)も戦死してしまいました。

劉禅は鄧艾に降伏し、二六三年、ついに蜀漢帝国は滅亡しました。

ところが、このあと鄧艾の行動がおかしくなります。なにかと専断に走り、「蜀の地で自分が国の主として自立しようとしているのではないか」と見られるようになりました。

まさか夢占いや孔明の碑文で「生きて帰れない」とあったからというわけでもないでしょうが、あきらかに変調です。

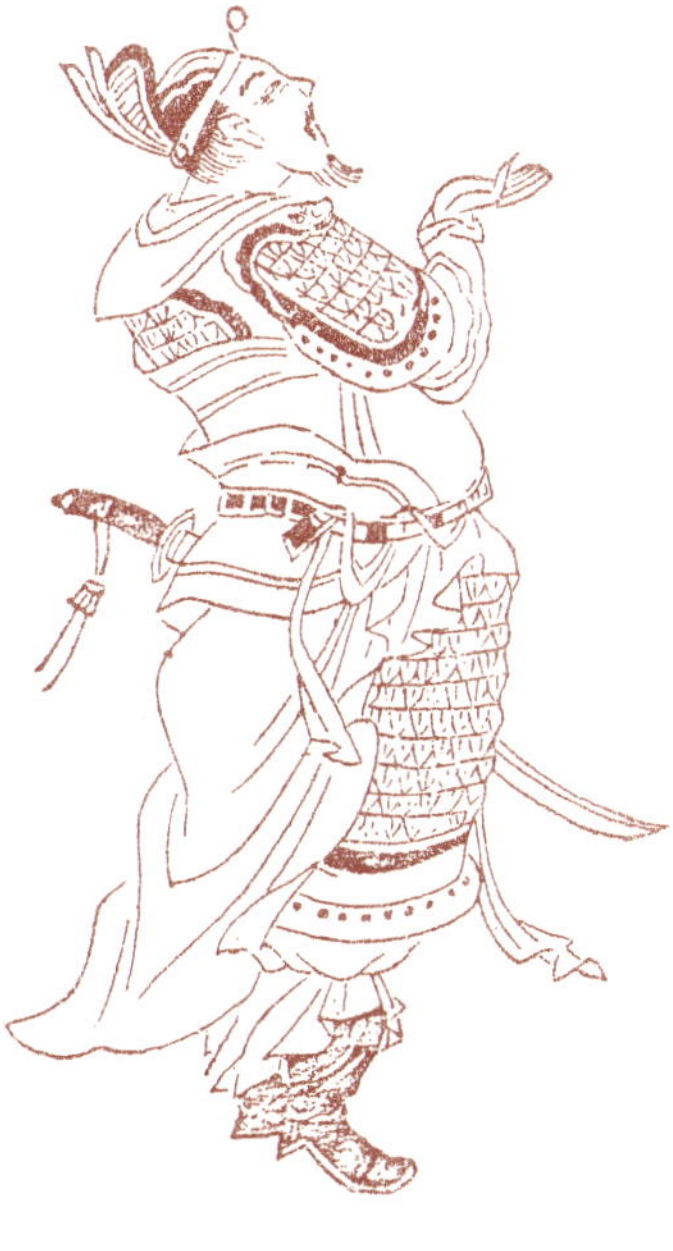

鄧艾は、剣閣の地で姜維が鍾会に降ったということを聞いて、いやな感じを受けました。それが当たります。

鍾会は姜維にそそのかされ、

「鄧艾に謀反の疑いあり」

と司馬昭に訴えるかたわら、衛瓘《えいかん》の知恵で寝こみを襲って鄧艾を捕え、洛陽に送りました。

鍾会はそこで、自分こそが蜀で自立しようとしましたが、配下の諸将が言うことをきかず、姜維とともども命を落としてしまいました。

これで洛陽に向けて送られている鄧艾は助かったのかと言うと、そうではありません。鄧艾を捕えた衛瓘が、

「鄧艾が解きはなたれては、自分が殺されてしまう」

と、兵を送り、洛陽に向かっていた鄧艾を殺させたのでした。

夢占いの通り、予言の通りという結果でした。

以上のように、鄧艾も鍾会も姜維もいなくなり、あとに残るは滅びた蜀という、実にさっぱりとした状態になったのでした。

三　名参謀の条件

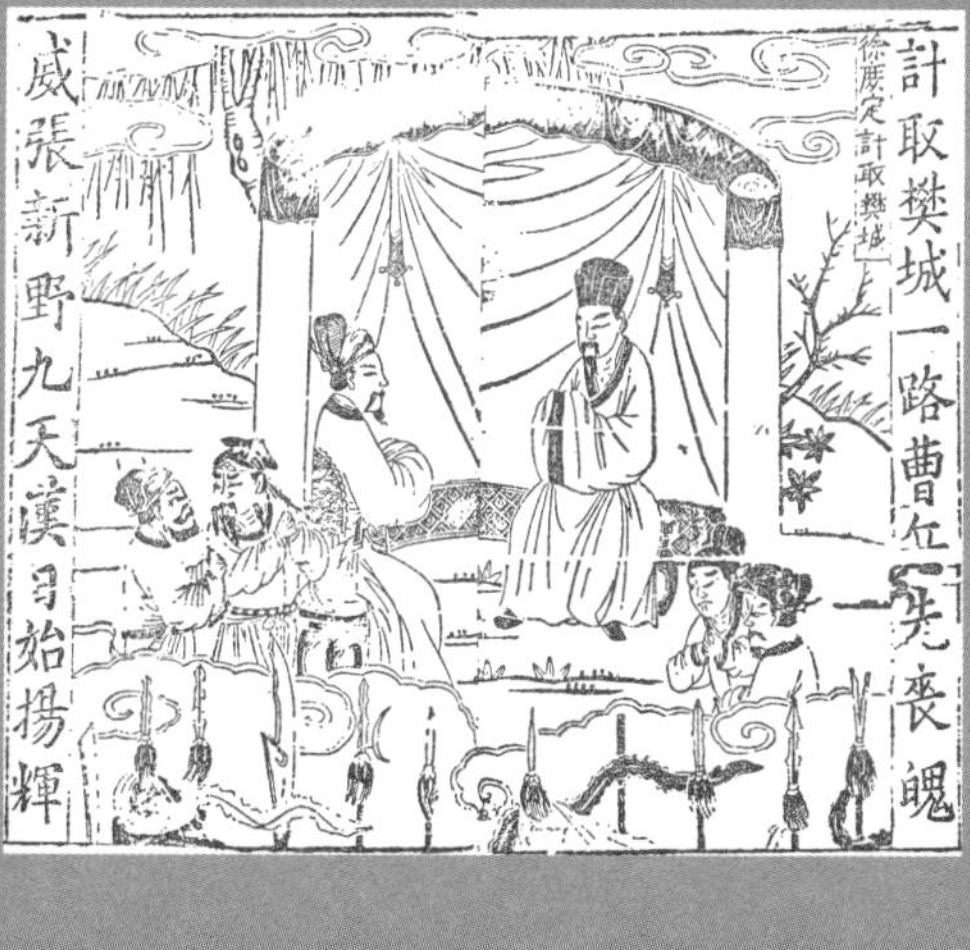

公けのために抑えられてしまった私情

陳宮

ちんきゅう

?―一九八
字は公台《こうだい》　東郡の人

もし、誰かを生かすも殺すも自分しだい、誰かの生命が自分の手の中にあるとしたら、人はどのように行動するでものなのでしょうか。

陳宮が中牟県《ちゅうぼう》の知事であったとき、大事件が起きました。

董卓*の暗殺に失敗した曹操が、身なりを変え、姓名をかくして逃れてきました。陳宮はその様子から曹操であることを見抜きますが、曹操の志に感じ、官職をすてて共に逃れる道を選びました。董卓が朝廷を我がものとしていることへの、公けの怒りがあったからです。

その逃走の途中、曹操の知人呂伯奢《りょはくしゃ》の家に一夜の宿を求めます。

呂伯奢は、

「もてなす用意が足りないので、村まで酒を買いに行ってくるので、ゆっくりとなされよ」

と言って、ロバに乗って出て行きました。

曹操たちは、すでにおたずね者です。呂伯奢のもどりが遅いので、疑心暗鬼になります。

「ひょっとしたら、呂伯奢はああ言って役人に知らせに行ったのではあるまいか」

二人は、屋敷内を見回りはじめます。すると、

「縛って殺せば、いい」

という声が聞こえました。

「やはり、そうだったか」

曹操は剣を抜きはなち、室内におどりこんでその場にいた男女八人を斬り殺しました。

が、落ちついてよく見ると、そこは台所で、豚が一頭縛られているのでした。

「しまった。大変な誤解をしてしまった」

曹操と陳宮は、あわてて屋敷から飛び出します。ちょうどそこへもどって来た呂布奢、

「どうされたのだ」

と声をかけます。ロバには酒ガメが掛けられています。

すると曹操、やにわに呂伯奢に襲いかかり、バッサリ斬り殺してしまいます。驚いた陳宮が、

「なぜ？」

と問うと、曹操は、

「呂伯奢が惨状を見たら、それこそ役人に通報され、おしまいになってしまうからだ」

と説明しました。そして、「私は自分が他人にそむくことはあっても、他人には自分にそむかせないつもりだ」と語ります。

それから数里進んだ所にあった宿屋を叩き起こし、宿泊します。曹操が先に眠ってしまったのを見た陳宮は、

「自分は、董卓の暗殺を試みた曹操をいい人間だと思って官職をなげうち、ここまでついてきたのだが、結局こいつも残忍な人間だった。今ここで殺してしまったほうがいいのではないか」

と考え、剣を振りおろそうとしますが、

「いや、待て。国家のために董卓を除こうとした奴だ。そういう人物を殺したら、私も不義の人間の仲間になってしまう。夜明け前に、妻子のいる東郡に逃れてしまおう」

と思いなおし、一人で逃亡して行きました。

曹操は私情を抑えて陳宮を処刑する

曹操は目を覚ましたあと、陳宮がいないので、

「私を残忍な人間と思って去って行ったのだろうな」

と考えました。

のち、陳宮は呂布*のブレーンとなり、曹操と敵対する関係になります。しばしば的確な助言をおこないましたが、呂布は目先の利益にばかり食いつく展望のない人物です。

下邳《かひ》の城を水攻めにされ、陳宮も曹操に捕われました。

刑場に引き出された陳宮に、曹操は、

「久しぶりだな」

と声をかけます。陳宮には、曹操が自分を助けたく思っていることはわかりましたが、

「今日は死あるのみだ」

と罵り、みずから刑場へ進んで行ってしまいます。曹

操は、いたたまれない気持ちになりましたが、どうしようもありませんでした。

『三国志演義』は、ここで深い文学的空間を演出しています。

董卓暗殺失敗後、ともに逃げた宿屋では、曹操の命は陳宮の手の中にありました。それが今、刑場では陳宮の命が曹操の手の中にあるという対比です。

そして、曹操は助けられ、陳宮は助けられることを拒絶しました。

曹操は陳宮を助けたかったのですが、陳宮自身がそういう態度ですので、助けようにも名目がありませんでした。

宿屋での陳宮は、公けのために私情を抑えました。曹操は刑場で助けてやりたいという私情を抑えさせられることになったのです。

もう少し言いかたを変えると、あの時、陳宮は殺せるはずだった曹操を生かし、曹操は今、生かしてやれるはずだった陳宮を見送ることしかできなかったということです。

ついに噛み合うことのなかった主従の感覚

田豊《でんぽう》

?—二〇〇
字は元皓《げんこう》　鉅鹿《きょろく》郡の人

歴史の流れを見ていると、

「このタイミングで仕掛けていれば……」

というような場面に出くわします。

これは将棋や囲碁のようなゲームでも、しばしば起きうることです。逆に言うと、勝機というものは、はなはだつかみにくいもののようです。

田豊は、袁紹《えんしょう》*の有力な幕僚で、行政手腕にも長けていましたが、田豊と袁紹の感覚は合いませんでした。

河北を制圧し、南下をねらう袁紹は、もともと親友であった曹操と戦うことになりますが、このとき、両者の感覚の違いは致命的なほど正反対なのでした。

公孫瓚《こうそんさん》を倒して意気あがる袁紹は、さっそく曹操との対決をしようと力が入ります。しかし田豊は、

「戦いのあとですから、ゆっくりと兵力を増強し、国力をたくわえてからにすべきです」

と、慎重論を主張します。

これと逆に、やがて田豊が、

「今こそ曹操に戦いを挑むべきタイミングです」

と訴えたときには、袁紹は末子袁尚の皮膚病が心配で、やる気がありません。

二〇〇年になり、袁紹と曹操の官渡の戦いを迎えます。意気高く出陣しようとする袁紹に、田豊は、

「勝機はすでに去りました。勝ち目のない戦いです」

と言って止めます。盛り上がった気分に水をさされた袁紹は怒り、田豊を牢にぶちこみ、

「私が勝利して還ったあとで始末をつけてやる」

と、鼻息も荒く出発してゆきました。

その結果は、烏巣《うそう》にある食糧基地を焼きうちにされ、袁紹の大敗となります。

この知らせが牢獄に届き、獄吏は田豊に、「おめでとうございます。あなたが言っていたとおりの結果になりました。あなたは無事に釈放され、重んじられるでしょう」

と言いました。しかし田豊は、

「今日が私の命日だ」

と言います。驚く獄吏に、

「もし殿が曹操に勝たれたら、私は赦される可能性があるが、敗れたら私は殺される。そういう御方だ」

と説明します。ほどなく「田豊の首を刎ねよ」との袁紹の命令書が届けられました。

田豊は、

「一人前の男をしてこの世に生まれたら、自分が仕えるべき主人をよく把握して仕えなければ、バカ者なのだ。私が死ぬのは当然なのだ」

と言い残しました。

実は袁紹は自分の感情に左右される気分屋の一面を持っていました。はじめは、

「田豊の言っていたとおりになってしまった。彼に合わせる顔がない」

と恥じいっていたのですが、ある者から、

「田豊は獄中で嘲笑しております」

と言われ、恥を怒りに転化させて処刑を命じたのでした。

もちろん、田豊の言うとおりにしていたら勝てる——などと決まってはいませんが、少なくとも、少しは様相が違うことになっていたでしょう。

でも、負けるときというのは、概してこういうものです。嚙み合っているべきものが、嚙み合いません。

末子袁尚の病気も、田豊にしてみれば、

「なんで、よりによってこんな時に」

といった感じであったでしょう。

すべては天意、あるいは天命だと言いたくなるのは、こういう時ではないでしょうか。

魏

郭嘉《かくか》

美化された時代の申し子

一七〇—二〇七
字は奉孝《ほうこう》　潁川《えいせん》郡陽翟《ようてき》県の人

人格が円満で品行方正、学業成績が優秀でスポーツも万能であったら、非の打ちどころのない優等生でしょうが、めったにいるものではないでしょう。

ふつうの人には、得意なことがある一方、苦手なことがあり、できればその得意な方面を生かして人生を渡り歩きたいと思うものでしょう。

得意と苦手の比率が、その人の個性なのでしょうけれど、なかにはそれが極端なあらわれかたをする場合があります。

能力は抜群だけれども、気分屋で、ちょっとでも気が乗らないと働かなかったり、仕事はできるけれども遊ぶことも人一倍であったり、さまざまです。

郭嘉は、程昱《ていいく》*の推挙で曹操に仕えはじめました。戦術的駆け引きと洞察にすぐれ、参謀として数々の有力な進言をしました。

曹操が徐州の陶謙《とうけん》を攻めたとき、劉備が和議を勧め、使者を送ってよこした際、

「そんな使者など斬り捨て、攻撃を」

という声もあったのですが、郭嘉は、

「ここでは劉備に恩を売っておき、呂布*の動きのほうを警戒すべきです」

と主張しました。

やがて曹操は、みずからの親友にして河北の勇者袁紹《えんしょう》*と戦うことになってゆきます。袁紹の強壮を気にする曹操に、

「閣下は、道・義・治・度量・謀・徳・仁・明・文・武の十の要素において、まさっておられます」

と分析を語り、励ましました。

袁紹との本格的な戦いの前に、邪魔なのが呂布でした。その呂布に対し、沂水《ぎすい》と泗水《しすい》、川の水を切って水攻めにする策を進言し、呂布を捕えることに成功したのも、郭嘉の手柄です。

いよいよ袁紹との戦いを迎えます。郭嘉は、

「袁紹は疑り深い性格で、彼の参謀たちは出世のことしか考えない連中ばかりだから、勝てます」

と分析を語りました。

しかし、北方の袁紹と大決戦をすると、南のほうで急速に力をのばしつつある孫策《そんさく》が心配です。すると郭嘉は、

「たいしたやつではありません。つまらぬ輩《やから》の手にかかって死ぬことでしょう」

と言いました。

その予想の通り、孫策は以前に殺した許貢《きょこう》のもとにいた食客たちに襲われて重傷を負い、その後、仙人于吉《うきつ》にたたられて死んでしまいました。

官渡の戦い、つづく倉亭《そうてい》の戦いで敗れた袁紹が病死すると、長子袁譚《えんたん》と末子袁尚《えんしょう》とが争い始めます。郭嘉は、

「袁譚と袁尚は、こちらが手を出すと、協力して対抗してきます。こちらが手を出さなければ、争いを始めます。しばらく放っておいて荊州の劉表を攻める方向で考えるべきです」

と進言しました。

やがて袁譚が死に、袁尚は遼東《りょうとう》に落ちのび、袁紹の甥高幹《こうかん》が治めていた并州《へいしゅう》も平定。郭嘉は、

「ひきつづき北方を制圧し、異民族烏桓《うがん》も平定して北方を完全に我がものとすべきです」

と主張し、曹操はこれに従います。

しかし、郭嘉はすでに風土病におかされていました。病名は定かではありません。曹操は易州に郭嘉をのこし、養生させますが、曹操が転戦からもどったときに、郭嘉は世を去っていました。数え三十八歳。

曹操は、

「郭奉孝が死んだ。天が私を喪《ほろぼ》すのだ」

と哀悼しました。

郭嘉が生前に書きのこしていた手紙の通り、袁尚とその兄袁煕《えんき》の首級は、遼東の長官公孫康《こうそんこう》が届けてきました。

のちに赤壁の戦いで敗れた曹操は、

「郭嘉が生きていたら、こんな敗戦はなかったであろうに」

と漏らすのでした。

――以上は、『三国志演義』が描く郭嘉です。これだけを見ると、郭嘉はうるわしさにのみ

包まれていたかのようです。が、歴史書の伝えるところによると、郭嘉はひどく品行が悪かったといいます。それでも戦略的に役に立つ人物だったので、曹操は重く用いていたのだ、と。

平穏な時代に生まれていたら、郭嘉のような人物は、油断のできない鼻つまみ者といった感じで敬遠されていたかもしれません。が、三国志の乱世においては、必要欠くべからざる人物として、ひときわ大きい光をはなったのでした。

時代の申し子、と呼ぶべきかもしれません。

魏

荀彧《じゅんいく》

キレ者の心が曹操を離れたとき

一六三―二一二
字は文若《ぶんじゃく》　潁川《えいせん》郡潁陰《えいいん》県の人

人間同士が信頼をつらぬくことは、むずかしいことなのかもしれません。特に荀彧のような参謀は、その人物がキレ者であればあるほど、敵に回したらやっかいですし、ひそかに敵に情報を流されたりしたら、大変な打撃となるでしょう。

荀彧ははじめ袁紹*の配下でしたが、曹操のもとに走り、程昱《ていいく》*を推挙しました。

抜群のセンスを持つ荀彧を迎えた曹操は、荀彧を、

「古《いにし》えの張良《ちょうりょう》のごとき人物である」

と評しました。劉邦《りゅうほう》を輔《たす》けて項羽《こうう》との戦いを勝利に導き、前漢帝国建設に巨大な功績をあげた

人物にも匹敵するという評価に、曹操の信頼があらわれます。と同時に、張良のように天下を取らせてくれるのは彼だという強い期待をにじませた表現です。

荀彧は、曹操が出陣するとき、根拠地や重要な拠点となる土地を守る役割ではたらきました。甄城《けんじょう》・范県《はんけん》・東阿《とうあ》の三カ所を、兵三万人で呂布の攻勢から守り、二〇〇年の袁紹と曹操の官渡の戦いにおいては、許昌の都を守り、後方支援にあたりました。

許昌には、以前、荀彧の献策でその身柄を収めた献帝がいます。

しかし、官渡で袁紹と対峙する曹操は、兵員の数も食糧も少なく、「撤退しようか」と弱気をのぞかせます。

荀彧は、

「今こそ大事な時です」

と励ましの手紙を送り、勇気づけました。

実は、裏読みをすると、はじめ袁紹のもとにいた荀彧の動きが心配でもあったため、曹操は様子を探らせる意味をこめて使者を発したのかもしれません。

荀彧は後方支援の任にたえ、曹操は袁紹に勝ちました。

袁紹の一族を滅ぼして、北方を制圧した曹操は、次に荊州の攻略をねらいます。すると荀彧

は、

「兵が北方で疲労していますから」

としばし休養をすべきだと進言します。

このとき以降、曹操が何か軍事行動を起こそうとすると、荀彧は慎重に、慎重にと言うようになります。それまでは、前進を激励していたのに、ブレーキをかけようとするのです。

このあたりから少しずつ、曹操と荀彧の呼吸が合わなくなってゆくようです。

いよいよ荊州攻略に乗り出すと、荀彧は、

「新野城の劉備には、諸葛孔明が付いていますから、簡単には行きませんぞ」

と言います。なんだか敵を誉めているようです。

そのあとの二〇八年、赤壁の戦いに際しては、荀彧はさしたる働きをしていません。

赤壁の戦いでは敗れた曹操ですが、三公《さんこう》（大尉・司空・司徒）を兼ねた丞相の職にあり、やがて「魏公」の地位にのぼろうとします。

臣下一同が推したのに対し、荀彧はひとり反対します。その言い分は、こうです。

「本来、乱世を落ちつかせ、漢王朝に平和を取りもどさんとされたのが丞相閣下ではありませんか。国を個人的に支配するような行動はいけません」

しかし、群臣一同、衆議一決。曹操は魏公になりました。荀彧は、

「こんな日が来るとは思わなかった」

と嘆きます。

曹操は、もう荀彧には自分を輔けて働こうという気持がないのだなと考えました。

二一二年、呉の孫権と対すべく濡須《じゅしゅ》に向かう曹操は、わざわざ親筆で封じた器を荀彧に届けさせました。

荀彧が開いてみると、中は空っぽです。荀彧は、「お前に与えるものは何もない」という寓意を悟り、毒をあおいで自殺しました。

歴史書の記述ですと、荀彧は憂悶をかかえて病死したとあります。服毒自殺ではなかったようですが、それほどの差ではないかもしれません。

はじめのうち、「献帝の身柄を手中に収めよ」と言っていた荀彧ですから、曹操が魏公にならんとするのを止める理屈として、

「漢王朝を輔けることこそ」

と主張するのは変な感じです。

もうひとつ重要な気がかりは、彼が袁紹のもとに仕えつづけていたとしましょう。そして曹

操に勝ったとしましょう。

袁紹がそこで国を奪わんと動いたら、彼はやっぱり反対したのか、ということです。

荀彧ほどのキレ者が、曹操や袁紹が「次にねらうこと」を洞察できないはずはなかったでしょうから。

魏

程昱《ていいく》

冷静にして冷酷な戦略家

生没年不詳
字は仲徳《ちゅうとく》　東《とう》郡東阿《とうあ》県の人

はじめ山にこもって独り黙々とおのれをみがいていましたが、荀彧《じゅんいく》*の推薦で曹操に仕えてからは戦略面や城の守備に活躍しました。

劉備が曹操のもとに逃げこんで来たとき、

「今のうちに殺してしまえ」

と進言したことでも知られるように、冷徹な性格も持っています。

二〇〇年の官渡の戦いで袁紹*に勝利した曹操を助け、つづく倉亭《そうてい》の戦いで十ヶ所に伏兵を配置する十面埋伏《じゅうめんまいふく》の計で勝利に貢献しました。

のち、劉備を攻めた際、劉備の参謀単福《ぜんぷく》に手を焼きます。程昱はここで、単福とは仮りの名で、本名は徐庶《じょしょ》*であると指摘します。

程昱の情報力が認められますが、程昱は徐庶が母親思いの人間であることを利用して、徐庶の母親の筆跡をまね、徐庶を曹操のもとに呼び寄せることに成功します。

程昱は徐庶の母親に付け届けをし、その礼状から筆跡を得たのでした。

戦略上必要とあらば、にこやかに相手に接し、相手を信用させて利用するという悪どい行為ですが、戦争という局面では、きれいごとを言っている場合ではないことも確かでした。

その後、二〇八年の赤壁の戦いに際しては、呉軍の火攻めに警戒するよう曹操に進言しますが、曹操は、

「冬には吹かぬ東南の風が吹かぬかぎり、火攻めを試みても、敵は自分を焼くばかりだ」と応じます。しかし、諸葛孔明が祈って吹かせた東南の風にあおられ、曹操は大敗を喫したのでした。

このとき、曹操は、呉将黄蓋《こうがい》*が曹操の側に船団を率いて船団ごと寝返って来ると期待して待ち受けていました。

程昱は、

「黄蓋の船団の喫水線が低いので、兵員ではなく、何かの仕掛けが」

と言ったのですが、時すでに遅し、でした。

容易に他人を信用しようとしない感覚が見てとれます。

二一二年、曹操は濡須口《じゅしゅこう》に孫権を攻めましたが、戦況ははかばかしくありません。程昱は、

「チャンスはもう通り過ぎてしまいました。許昌の都に戻るべきです」

と進言しました。いたずらに長期対陣しても無駄であると見きわめたものです。

戦略家は、策謀による打開・前進のみを考える存在ではありません。

このあと程昱は物語から姿を消してしまいます。

程昱は戦略家としての資質にめぐまれていたと言ってよいでしょう。冷静な分析、局面の洞察、他人を利用する冷酷さ、そして情報力。

曹操のもとに集まった多数の参謀たちのなかでも、重厚かつ重要な働きをした人物です。

こういう人は、味方にいてくれるとたのもしいですが、敵に回すと、やっかいです。

でも、戦国乱世であったから、こういう人の必要性が高かったわけで、平和な世の中だったら、程昱はどのように生きたであろうかと考えてしまいます。

魏

徐庶《じょしょ》

みずからを封印した才士の心は

生没年不詳
字は元直《げんちょく》　潁川《えいせん》郡の人

軍師と呼ぶにせよ、参謀と呼ぶにせよ、彼らは乱世に必要不可欠の存在です。自分の地盤を固め、さらにその先の天下取りをねらう者にとって、有能な参謀は、喉から手が出るほど、ほしいに決まっています。

一方、参謀の側はどうでしょう。彼らも自分が仕えるべき人は誰なのか、常に考えています。よい待遇ということもありますが、自分の才能をより多く発揮できる職場が望ましいわけです……と考えてくると、現代の就活もたいして事情は変わらないかもしれません。

徐庶は、三国志の世界で、きわめて重要なはたらきをした人物です。諸葛孔明を劉備に引き合わせたのは彼だと言えるからです。

すこし複雑な事情もあるのですが、このような流れです。

若いころ、剣術を好んだ徐庶は、人のため仇討ちを代行し、手配者となりました。徐庶は姓名を変え、単福《ぜんふく》と名のり、身を隠しました。

荊州で暗殺されそうになったのをかろうじて逃れた劉備は、隠士司馬徽《しばき》*の屋敷に宿ります。するとその夜、屋敷をたずねて来た者があり、司馬徽に、

「荊州の長官劉表は、仕えるに値しないつまらぬ人物でした」

と言う声が聞こえました。司馬徽が、「元直《げんちょく》」と呼ぶことから、その人物の字が元直であることは知れましたが、それ以上のことは分りませんでした。

それから程なく、道で歌を唱っている風変りな人物に異才を感じた劉備が話をしてみると、かなりの才士です。劉備は、単福と名のるその才士を召しかかえました。

やがて、曹操が荊州にいる劉備攻撃の手はじめに送り出した呂曠《りょこう》・呂翔《りょしょう》兄弟の軍、これを単福は軍師として見事な采配をふるい、軽く片づけてしまいます。

つづいて現われたのが猛将曹仁《そうじん》の軍です。単福は曹仁が布《し》いた八門金鎖《はちもんきんさ》の陣の弱点をつき、またしても大勝利です。

「敵には恐るべき軍師がいるらしい。何者だろう」

と問う曹操に、程昱《ていいく》*が答えました。

「あれは単福。本名は徐庶といい、いたって母親孝行な人物ですので、招き寄せることが可能です」

曹操は程昱の言葉に従い、徐庶の母親を捕えます。しかし、母親は徐庶を説得して曹操に仕える呼びかけなど、するはずがありません。

程昱は、個人的に徐庶の母親に付け届けをし、礼状から母親の筆跡を得ると、徐庶を呼び寄せる手紙を偽造して徐庶に届けました。

母親が曹操の手中に拘束されていることを知った徐庶は、しかたなく劉備に別れを告げ、曹操のもとに走ります。

その際、劉備に、自分以上の才能の持ち主がいる、その人物は司馬徽が言っていた「伏竜・鳳雛《ほうすう》」の「伏竜」、諸葛孔明ですと告げました。

これがこのあと「三顧の礼」をもって劉備が孔明を得ることになる発端です。

それはよいのですが、徐庶が曹操のもとに走る途中で、諸葛孔明に、

「劉備に君を推薦しておいた」

と言いうと孔明は、

「私をいけにえにする気か」

と怒りました。

それればかりか、せっかく走ってたどりついた母親は、徐庶を「何というバカ者」と罵り、首を吊って自殺してしまいました。

のち、樊城《はんじょう》の劉備に降伏をすすめる使者として再び劉備にまみえた徐庶は、

「曹操のためには、ひとつの献策さえしない」と誓いました。

これでは曹操、せっかく徐庶を手元に引き寄せても何の得もないかに見えますが、そうではありません。徐庶が劉備のために働けない状態にすれば、劉備にとってはマイナスだからです。

歴史書の『三国志』は、徐庶の個人伝を立てていません。劉備を裏切った履歴のせいでしょう。

結局、才子徐庶は、策士程昱の罠にかかってしまったために、痛い目を見ることになってしまったのでした。

徐庶の後半生は、自分を発揮することを封印した人生でした。

彼は、曹叡《そうえい》*の時代（二二六―二三九）、諸葛孔明とあい前後して世を去ったようです。

蜀

龐統《ほうとう》

最後まで「見かけ」で判断された男

一七九―二一四
字は子元　襄陽《じょうよう》郡襄陽県の人

人は見かけでどれほど得をし、またどれほど損をするものなのでしょうか。龐統の登場は予告されていました。荊州で暗殺されそうになった劉備が、からくも逃れて一夜の宿を求めたのが、隠士水鏡《すいきょう》先生こと司馬徽《しばき》*の屋敷でした。そこで司馬徽は劉備に、
「伏竜《ふくりゅう》と鳳雛《ほうすう》、いずれかを得れば、天下を安定できよう」
と語りました。この鳳雛（鳳凰のヒナ）こそ、龐統でした。

でも、龐統は風采にめぐまれませんでした。諸葛孔明（伏竜）が、身長八尺、玉のような風貌であるのと比べると、見かけの点で大いに劣るのでした。

龐統ははじめ、呉のために働きました。赤壁の戦いでは、北方からの兵士が多く、水戦に不馴れで船酔いに悩まされている曹操に近づき、

「船と船を鎖でつなげば揺れを防げます」

と教えました。曹操は大喜びしますが、これは実は計略で、呉軍からの火攻めをいっそう有効なものにしようという「連環の計」でした。

さて、その赤壁の戦いは、呉の孫権と劉備の連合軍の勝利となりましたが、孫権は龐統を用いようとはしません。これは無理もないことであったかもしれません。呉の総司令官の周瑜《しゅうゆ》*は美貌の人物。比べると明らかに見劣りがしてしまいます。

龐統は呉の魯粛《ろしゅく》*と諸葛孔明の推薦状を持ちながら、わざとそれを出すことなく劉備に会いに行きます。

劉備も、風采のあがらぬ龐統の真価を見ぬけず、とりあえずというような感じで、耒陽《らいよう》県の令（県知事）を授けました。

龐統は着任以来、酒びたりで政務を執ろうとせず、政務がとどこおってしまいます。

張飛が鼻息も荒く、とっちめに来ますが、龐統はとどこおっていた政務を一日で片づけてしまい、張飛は驚嘆します。

ここでようやく種明かしといった感じで、龐統は劉備に重く用いられるようになります。

やがて荊州南部に足場を築いた劉備は、蜀に向かいます。蜀の長官劉璋《りゅうしょう》は、隣の漢中に居座る宗教家張魯《ちょうろ》の動きと、地理的にその背後にいる曹操の動きを怖れていましたので、劉備はその応援のために軍を従えて蜀入りしたのです。

が、これは蜀の地を劉備に売って自分の栄達をはかろうとする張松《ちょうしょう》らの計略でした。これがバレて、劉備と劉璋は戦争を始めました。

蜀将張任《ちょうじん》が守る雒城《らくじょう》に通じる間道を進んでいたときのこと、龐統の馬がガクッと挫けます。劉備は自分が乗っていた白馬を龐統に与えます。ふと龐統が胸さわぎを感じ、

「ここは何という土地か」

とたずねました。

「落鳳坡《らくほうは》です」

「何？　わが通称は『鳳雛』。鳳《おおとり》が落ちるとは不吉な」

――と、そのとき、「白馬に乗っている者こそ劉備」と思った張任の矢が龐統を襲い、龐統は落命してしまいました。

自分の乗る馬が挫けたのは、先を急ぎすぎるなという天の警告であったのでしょうが、龐統

龐統は劉備の白馬に乗っていたために見誤られ、落鳳坡で死す

はこれを生かせなかったのでした。

龐統には、諸葛孔明と張りあう気持ちがあって、それが焦りにつながったようです。

そう言えば、最初に応援のために蜀入りした劉備と劉璋の対面式の席上で、龐統は劉備に、

「この場で劉璋を殺してしまえ」

とけしかけていました。

英才も余計な力が入ると本来の姿ではなくなるという例です。

落鳳坡という地名は、実際には、

「ここで昔、鳳雛と呼ばれた龐統が命を落としたんだよ」

ということから、その地名ができたというのが順序でしょう。

また、もし張任が白馬に乗る風采のあがら

ない龐統をよく確認できていたら、この悲劇は起こらなかったかもしれません。でも、矢を射かける距離ですから、よくわからなかったのでしょう。

見かけで損をしつづけた龐統は、最後の瞬間だけ、その見かけを見てもらえなかったのでした。

四　乱世に個性を貫く

志とは違った？　伝説の名医

華佗《かだ》

生没年不詳
字は元化《げんか》　沛国譙県《はいこくしょうけん》の人

伝説の名医として知られる華佗は、曹操と同県の出身ながら、はじめは呉で活躍しました。早くから名医として評判で、孫策の幕僚董襲《とうしゅう》の槍傷を数日で治したと言います。さらに呉将周泰《しゅうたい》が、孫権を救って全身数十ヶ所の傷を受けて危篤状態であったのを一ヶ月で治してしまいました。

その後、華佗は、樊城《はんじょう》攻めの際に関羽が腕に受けた毒矢の傷を治療しました。毒はすでに骨の中まで入りこんでいましたので、腕を切り開き、骨を削るという荒療治になりましたが、関羽は酒を飲みつつ、表情ひとつ変えずに手術を終えました。

碁をうち、酒を飲みながら華佗の手術を受ける関羽

華佗は、

「将軍どのの人格に感心いたしました」

と、謝礼を受け取らずに去りました。

その関羽が魏軍の徐晃《じょこう》と呉軍の呂蒙《りょもう》に挟撃されて捕われ処刑されます。関羽のたたりを怖れた呉は、首級を曹操のもとへ送ります。届けられた関羽の首を見た曹操は、ひどい頭痛に取りつかれ、華佗が呼ばれます。

華佗の見立てでは、

「頭蓋骨を切り開いて治療する必要がある」

でした。これを聞いた曹操は、

「私を殺す気だな」

と、華佗を獄にぶちこみます。

死を覚悟した華佗は、親しくなった獄吏に『青嚢書《せいのうしょ》』という医術の本を託しました。

しかし、獄吏の妻が、

「こんなものを持っていたって、処刑されてしまうのなら、役に立たない」

と言って、焼いてしまいます。

気づいた獄吏はあわてて火を消しましたが、ほとんどが焼けてしまい、鶏や豚の去勢法しか伝わらなかった——というのが『三国志演義』の物語るところです。

歴史の伝えるところでは、名医には違いないものの、物語ほどではありません。彼はむしろ儒教的知識人で、儒教的な世の中を実現したいという志を抱いていました。

しかし、何かというと医術ばかりで評価されるので不満だったと言います。

儒教的な教養や行政手腕のほうで自分を評価して欲しかったわけです。

でも、当時は戦乱の世です。特別なコネでもないかぎり、軍事面でのセンスが要求される時代です。

たとえば、呉の「白面の書生」である陸遜《りくそん》*が劉備を撃ち破ってみせたような活躍が求められました。

そして、怪我人続出という時世ですから、医学の必要性のほうが高かったわけです。

華佗は、自分の志とは違うけれど、医学で人の救済をおし進めたほうがよかったのかもしれません。

そのへんを『三国志演義』は強調しているのでしょう。

いつの時代でも、すべての人が自分のなりたい職業につけるわけではないのですから。

もうひとつ問題があります。歴史書の描く華佗は、儒教的な統治社会を実現したいという志があったわけですが、これによると、華佗はその社会で上に立って、つまり統治する側に立ちたかったわけです。それは権力志向、権力欲につながる面を持っていることになります。

一介の医師として人々の救済にあたり生涯をささげるという姿勢とは、相容れないものがあるのです。

――と考えてくると、人々の救済ではあき足らず、反乱を起こしてしまった張角*のことが重なってきます。

歴史書の描く華佗には革命願望はありませんが、人間みな紙一重というところで生きているのだということが、あらためて意識させられます。

隠士「水鏡先生」、劉備を煙にまく

司馬徽《しばき》

生没年不詳
字は徳操《とくそう》　潁川《えいせん》郡陽翟《ようてき》県の人

知識人でありながら官界に身を置かず、隠士としてひっそりと暮らす人物は、いつの時代にも存在しました。司馬徽もその一人です。

隠士といっても、隠れてひそんでいるばかりではなく、意外に情報通で、「いざその時」となれば官界に躍り出ていったりしますから、日本人が思い描く「隠者」とは、いささかニュアンスが違います。

荊州に身を寄せていた劉備は、蔡瑁《さいぼう》に暗殺されそうになりますが、きわどく逃れ、司馬徽の屋敷に一夜の宿を求めました。

隠士司馬徽（左）を訪れた劉備

司馬徽は、「水鏡先生《すいきょう》」と呼ばれる隠士で、劉備に、

「伏竜《ふくりゅう》と鳳雛《ほうすう》、このいずれかを得れば天下を安定させられよう」

と語りますが、その伏竜と鳳雛が誰を指すのかについて問われても、

「善き哉《かな》、善き哉」

とくりかえすばかり、はぐらかして答えようとしません。不可解な人物です。

もちろん、物語として読者の気を引き、先を期待させる手法です。

その晩、ある者が司馬徽の屋敷に来て、

「荊州刺史《しし》（長官）の劉表はつまらぬ人間でした」という声がしました。

のちにその人物が徐庶《じょしょ》*であったことがわか

りますが、これも詳しいことは伏せられ、物語は先に進んでゆきます。

やがて徐庶は「単福《ぜんふく》」と名のって劉備に仕え働きます。しかし、母親を人質に取られ、曹操のもとへ走る際、劉備に諸葛孔明こそ「伏竜」であると明かし、推挙します。

やむなく曹操のもとへ走った徐庶と入れ違いのように司馬徽が劉備のもとにやって来ます。そして、孔明の人となりを語り、

「臥《ね》ていた竜も主人を得たが、時は得なかったのお」

と言うだけ言って、瓢然《ひょうぜん》と去って行くのでした。

このあと、司馬徽は再び登場することなく物語から姿を消してしまいます。あくまでも物語に登場して劉備と孔明の橋わたし役として機能するばかりです。

伏竜は諸葛孔明、鳳雛は龐統《ほうとう》*、そのいずれかを得れば天下を安定させられると言っておきながら、実際に劉備が孔明を得るとなると、「孔明は時を得なかった」と否定的に言うのは、話がくいちがう感もありますが、こまかいことはいいのでしょう。

いつの世にも、世の中から一歩距離をおき、冷静に、ときに皮肉に世の中を見ている人がいるということです。

ひとつ大事なことは、こういう隠士も、意外と情報力を持っているということで、その根底

には人物ネットワークが存在するわけです。

このネットワークの鍵をにぎっていたのが、商人です。

彼らはあまり表面には出ませんけれども、あちこちの土地での出来事や災害や、その土地で不足しているものなどについて、多くの情報を持っているので、彼らの力によるところが多かったのです。

そしてそれが人から人へと伝わります。隠士が情報力で遅れをとらないのは、そのおかげでした。

蜀

馬謖《ばしょく》

孔明でさえ、評価を誤った才子

?―二二八
字は幼常《ようじょう》 襄陽《じょうよう》郡宜陽《ぎよう》県の人

他人を評価するのはむずかしいことです。人それぞれで着目する点が違いますから、高く評価する人もいれば、極端な場合、正反対とも言える低い評価がなされたりします。

この馬謖がそれでした。

章武三年（二二三）、劉備は臨終の床に諸葛孔明を呼び、いろいろと言いのこしました。そのなかで劉備は、馬謖について、

「あれは口先ばかりの人間だから、重く用いてはならぬぞ」

と言いました。

劉備がわざわざそう言ったということは、諸葛孔明が馬謖を高く評価し、重く用いようとしていたことを示します。

劉備の死後、南方で異民族が反乱を起こしました。その首領は孟獲《もうかく》*です。馬謖は、

「彼らは武力で一時的に鎮圧しても、また叛きます。このようでは、魏に対して北伐をしても、背後で魏に呼応してまた暴れだすおそれがあります。彼らの心を征服し、心から言うことを聞くようにしなくてはなりません」

と言いました。

孔明は、まさしくその通りであると、馬謖への評価をさらに高くしました。

南方征伐の戦いのうちにも、馬謖は孟獲が行なった偽りの投降の計を見ぬき、さらにポイントをあげました。

いよいよ北伐のときを迎えます。馬謖は、魏の驍騎《ぎょうき》大将軍になった司馬懿《しばい》をおとしいれようと、洛陽や鄴郡《ぎょう》などに流言をばらまき、さらに司馬懿の名前で、

「魏帝曹叡《そうえい》*を廃し、新君を立てるつもりである」

との告示を掲げる策を提案しました。孔明がこれを実行すると、司馬懿は官職剥奪となりました。

ここまでは快調な馬謖でしたが、このさきがいけませんでした。

孔明は馬謖を信頼し、第一次北伐の先陣として馬謖を街亭《がいてい》に差し向けました。

ところが馬謖は孔明の作戦指令を無視し、山の上に陣を布《し》きました。ともに派遣された将軍の王平《おうへい》が諫めますが、聴きません。

たしかに、『孫子』の兵法では、

「高き陵《おか》には向かうなかれ」

というような言葉があります。

高い所に位置する相手に対しては、下から攻めあがって行くのは不利です。上から石を落とされたりすれば、被害は甚大ですから。

つまり、理論上では馬謖の作戦はアリなのです。でも、戦争には相手がいます。相手も『孫子』を読んでいるはずです。

高い所に位置する敵に攻めかかるのは不利ですから、やるわけがありません。

街亭に到着した魏将張郃《ちょうこう》*は、攻撃するのではなく、兵員の数にものを言わせ、馬謖のいる山を包囲しました。

じっくりと機を待とうというのです。

諸葛孔明が大敗した馬謖の罪を追求する

まずいことに、馬謖の山上の陣は、水の補給のためには下まで汲みに行かねばなりませんでした。山の上に泉が湧くというような土地ではなかったのです。

これで蜀軍は動揺してしまい、馬謖の力ではどうすることもできない状態におちいりました。

結果、街亭では魏軍に大敗、孔明の第一次北伐そのものも挫折してしまいました。

孔明も王平から馬謖の布陣を知らされ、

「いかん」

と思いましたが、時すでに遅し、です。

馬謖には不必要な気負いがあったのでしょう。孔明に評価されている自分。その評価のさらに先に行ってやろうと思い、孔明の指令

を無視して布陣しました。これがうまく行けば、

「どんなものです」

と胸を張り、いっそう高い評価を得られたのかもしれませんが、現実は甘くありませんでした。諸葛孔明は馬謖を処刑しなければならなくなります。これが「泣いて馬謖を斬る」です。

でも、孔明が泣いたのは、

「今は亡き帝（劉備）が、馬謖を重く用いてはならぬと言われたのに私は……。亡き帝の御明察に対し、私が人を見ぬく目を持っていなかったことが恥ずかしい」

ということからでした。

人は高く評価されると、いっそう頑張るものなのかもしれませんが、「もっともっと」とおのれを駆りたてることが、度を超えてヤマっ気になる場合もありそうです。

馬謖の兄馬良《ばりょう》は、眉に白髪がまじっていたので「白眉」と呼ばれ、馬良が兄弟の中で一番すぐれていたことから、「白眉」は全体の中で最もすぐれた人物などをあらわす言葉になりました。もし馬謖が大成功していたら、この言葉は故事にならなかったかもしれません。

何度負けても捕われても

孟獲《もうかく》

生没年不詳
字の史料もなし

蜀の南方の異民族をたばねる人物として登場します。二二三年、蜀帝劉備が死去すると、諸民族を従えて反乱を起こしました。この動きについて、魏では司馬懿《しばい》が魏帝曹叡*に、

「われわれが蜀を攻めるのに好都合なものです」

と語っています。

通常の場合、こういう反乱は、自分たち民族の独立をかちとるためとか、不当な圧迫に対する反発が原動力になるものですが、孟獲の場合、いまひとつその動機が明確ではありませんので、「諸葛孔明が苦難のすえに南方を平定する物語」の悪役（首領）といった扱いで物語の中

で活動しています。

この意味からすると、悪役らしい悪役であり、脇役らしい脇役といった典型的な感じです。諸葛孔明率いる蜀軍と、まともに戦っては勝てません。弟の孟優《もうゆう》を使って偽りの投降をさせても、簡単に見ぬかれ、捕われます。

が、孔明は、馬謖《ばしょく》*の指摘するとおり、異民族は心を征服しないとまた反乱をくりかえすと考えていましたから、捕えるたびに、

「心から降伏するか」

とたずねます。孟獲は承服せず、また戦いを挑みます。

正攻法ではどうにもならぬと悟った孟獲は、蜀軍を自分のフィールドに引きこんで戦おうと考え、禿竜洞《とくりゅうどう》の朶思《だし》大王の協力を得ました。

この禿竜洞は、四つの泉をのぞいて途中に水源がありません。でも、ひとつ目の唖泉《あせん》は、水はうまいのですが、飲んだら声が出なくなり、十日もしないうちに死んでしまいます。ふたつ目の滅泉《めっせん》は、熱湯のようで、浴びれば皮膚から肉までただれ落ちてしまいます。三つ目の黒泉はいくらか澄んではいるものの、この水に触れると手足が黒くなって死んでしまいます。四つ目の柔泉《じゅうせん》。水は氷のように冷たくて、飲むと身体から熱が失われ、力がなくなって死んでしま

います。

蜀軍は唖泉を飲んでしまい、苦しみますが、孔明が神の導きで万安隠者《ばんあんいんじゃ》という人物から唖泉の毒を消す植物を手に入れ、助かります。

万安隠者とは仮りの名で、その正体は孟獲の兄孟節《もうせつ》でありました。

禿竜洞でも敗れ、しかしまだ屈服しようとしない孟獲は、最後の切り札として兀突骨《ごっとつこつ》率いる藤甲軍《とうこうぐん》を頼りました。

矢も刀もはねかえし、水にも浮かぶ藤甲という鎧に身を固めた藤甲軍でしたが、孔明の火攻めに敗れ、ついに孟獲は心からの服従を誓いました。

「困難を克服して正義が勝つ物語」として読むぶんには面白いかもしれませんが、この戦いのなかで失われた生命の数を考えると、むなしさばかりが目につきます。

この一連の話は「七擒七縦《しちきんしちしょう》」、七たび擒《とら》えて七たび縦《ゆる》すの故事となっていますが、どこか猫が捕えたネズミをもてあそんでいるような感じもいなめません。

孟獲が、脇役としての重厚な存在感を示すというより、狂言回しに近い役割しか与えられていない点は、文学的達成からみると、残念さがにじんでいます。

孟獲の行動に、筋の通った理念が見あたらないためです。

蜀

孔明とは合わなかった「反骨」の武将

魏延《ぎえん》

？—二三四
字は文長《ぶんちょう》 義陽《ぎよう》郡の人

人と人との関係はむずかしいもので、「部下を信じてやらなければ部下は自分についてこない」などと言われますが、信じた部下が裏切って同業他社に情報を売ってしまう事態が起きたりします。

上司である自分にしてみれば、「十分すぎるほどの待遇を与えてやっていたではないか」としか考えられないのに、その部下のほうでは「自分は正しく評価されていない。自分は不遇だ」と思っていたりします。

だいたいにおいて、人は「自己評価には甘く、他人の評価にはきびしい」ものですから。

魏延は、二〇八年、曹操の荊州進攻を受けて逃げ出した劉備一行が襄陽城《じょうよう》に入ろうとして拒まれたとき、門を守る者たちを斬り、劉備の入城を助ける人物として物語に登場します。

身長八尺、赤黒い顔と設定されたその風姿は、関羽をひと回り小柄にしたようなものです。魏延は襄陽の将文聘《ぶんぺい》と激闘ののち、長沙の韓玄《かんげん》を頼って落ちのびました。

同じ二〇八年冬の赤壁の戦いで勝利した劉備は、荊州南部の郡を次々に攻略して自分のものにしていきました。

その流れが長沙におよび、関羽が長沙城を包囲し、その将黄忠《こうちゅう》*と戦います。黄忠があまりにもフェアに戦うのを見た韓玄は黄忠を疑い、斬ろうとしますが、魏延が躍り出て韓玄の首を取り、投降しました。

このとき、魏延の後頭部の「反骨」と呼ばれる部分が大きく発達しているのを見た諸葛孔明は、

「謀反の相あり」

として斬ろうとしますが、劉備が止めました。

孔明と魏延は、はじめから合わない関係でした。

魏延はその後、彼なりの忠義を尽くして働きます。二二七年、孔明の第一次北伐のとき、魏

延は、

「私に精鋭の兵五千を与えていただきたい。私は長安の真南の子午谷《しごこく》から一気に北上して城下に迫り、祁山《きざん》ルートの本隊を待ちますから」

と提案しました。

しかし、孔明は「冒険的すぎる」と応じません。魏延は、

「臆病な司令官だ」

と不満をあらわにしました。

でも、それ以上の反発はせず、命令に従って働きます。

幾度もくりかえされた孔明の北伐ですが、魏延はおとりとなって司馬懿・司馬師・司馬昭父子三人を胡盧谷《ころこく》に誘いこむことに成功します。火の手がいっせいにあがり、司馬懿父子は焼き殺されるかというとき、急に大雨が降ってきて司馬懿らは助かりました。

やがて陣中で病んだ孔明は、天に祈って寿命をのばしてもらおうとしますが、敵の来襲を告げるために駆けこんできた魏延が本命燈《ほんめいとう》を踏み消してしまいます。

孔明は死を悟り、馬岱《ばたい》*を呼んでひそかに計を授け、いずれ反乱する魏延への対処を命じました。

陣中で孔明が祈祷する場を駆けこんだ魏延が荒らしてしまう

孔明の死後、はたして魏延は謀反しました。ここが孔明生前の秘計で、魏延は、

「オレを殺せる者があるか」

と叫んだところを、偽って謀反をともにした馬岱に斬り殺されました。

魏延にも、理屈はあります。もし、自分の手勢を従えて魏に投降していたら、こんな程度の待遇ではなかったろうという点についてはもっともな言い分です。

魏延にしてみれば、自分を抑え忠義に働いてきたじゃないかというわけです。

歴史書の描く魏延は、劉備が蜀につづいて漢中の地も奪取したあと、漢中の守護神として領土を守っていたことが記されます。孔明の死後、反乱したことは事実ですが、孔明が馬岱に授けた秘計という話はなく、戦闘の結果、敗死しています。

「反骨精神」という言葉は、魏延の話から起ったものでしょうが、人と人の関係というものの困難さを教えてくれます。

もうひとつ書きそえておきましょう。

二〇〇年の官渡の戦いの前、袁紹のもとに劉備が保護されていたときのことです。当時曹操のもとにいた関羽が、袁紹の将顔良《がんりょう》と文醜《ぶんしゅう》を斬り倒します。「赤黒い顔の武将が二人を」と聞かされた袁紹は、

「さては劉備の義弟関羽が」

と怒りますが、劉備は、

「似たような人相の者は世の中にいるものです」

と弁明しています。

その八年後に襄陽に登場した魏延は、まさにそれに該当する存在ということです。

また、魏延の出身は「義陽」。（忠）義は陽《いつわ》りとも読めますが、地名なのでそこまで考えなくてよいでしょう。

魏

孔融《こうゆう》

儒者として生き、武人のごとく散る

一五二―二〇八
字は文挙《ぶんきょ》　魯国《ろこく》曲阜《きょくふ》県の人

出身地からも知られるように、孔子二十世の子孫で、北海郡の大守（長官）。曹操・袁紹*が組織した反董卓連合軍の一員として登場します。幼少時から才気にあふれる人物で、十歳のとき、河南の尹《いん》（長官）の李膺《りよう》をたずね、

「あなたの御先祖老子（李耳《りじ》）に私の先祖の孔子が御挨拶に行って『礼』について教えを頂戴して以来のおつきあいですね」

と述べて感心されたことがあります。

北海郡の長官としては、人の面倒見がよく、太史慈《たいしじ》の家族に定期的に付け届けをしてやった

りと、気くばりの人でした。

しかし、基本は孔子の子孫で儒教の人です。戦争を好むことはなく、三国時代の乱世であっても先祖の孔子同様、人格重視の姿勢をつらぬきました。

そのため、曹操に対してはいつもブレーキ役でした。

曹操が徐州の陶謙《とうけん》を攻めた時も陶謙を助ける側に立ち、袁紹との戦いへと突き進む時も平和路線を主張しつづけました。

そういうことが度重なると、曹操が「戦い、勝利することを重ねて天下に平和をもたらすことを目指す」のに邪魔な存在になっていくのは避けられません。

やがて曹操は荊州に乗りこみ、つづいて新野城にいる劉備を攻撃しようとしますが、ここでも孔融は戦争に反対し、

「至って不仁《ふじん》なる者が、至って仁なる者を討って勝てるわけがない」

と独り言をしました。至って不仁は曹操、至って仁は劉備のことです。

曹操の怒りは爆発し、ついに孔融は処刑されることになってしまいました。

孔融の二人の息子は、これを知らされますが、逃げようとせず、

「巣が落ちれば、中のヒナが無事にすむはずはない」

と達観しているのでした。

　こんな話があります。

　その年の実りが少なかったので、曹操は禁酒令を出しました。穀物を酒にするのではなく食べるほうに振り向けようとしたのですが、このときも孔融は反対をとなえました。曹操が禁酒令の理由づけとして、

「古来、酒によって身を滅ぼした者が多い」

と言ったのに対して、

「古来、女におぼれて身を滅ぼした者が多いのだから、天下に結婚を禁じればいいだろう」

と言いました。

　われわれ読者から見ても、少々やりすぎの感があります。儒学の人らしく、もう少し含みを持たせ、余裕をもって曹操に接するべきではなかったでしょうか。

　孔融のやりかたは、武人のように直情的です。生きかたは儒学的でありながら、散りかたは武人のようであったと言うべきでしょうか。

　これは結局、生れた時代が彼と合っていなかったことを意味するかもしれません。彼の理想を実現できる時代ではなかったために、彼は曹操を皮肉るばかりで代案を示すことのない批評

家のような位置に立ってしまったのですから。

そのへんに孔融のかかえこんだ「やり場のないイライラ」があったのかもしれません。

でも、儒教の人なら儒教の人らしく、『論語』に言うように「人知らずして慍《いきどお》らず」（他人が自分を理解しなくても怒ったりしない）の精神が必要だったのではないでしょうか。

魏

詩にこめられた兄弟の悲哀

曹植《そうしょく》

一九二―二三二
字は子建《しけん》　曹操の第三子

兄弟は仲良くありたいものですが、現代でも父親ののこした遺産をめぐっていがみあったりする兄弟がいます。

曹植と曹丕《そうひ》＊（魏の文帝。曹操の長子）との間がそれでした。父曹操は魏公の地位にのぼり、あとは後漢の献帝から国を奪うばかりというところまできていましたので、その「遺産」はケタちがいに大きいものでした。

曹植と血を分けた兄曹丕とが長期にわたって後継者争いのレースを演じたのは、父曹操に原因がありました。曹操は後継者の正式指名を引きのばしつづけていたので、それだけ時間が長引いたのでした。

曹操が指名を引きのばした理由は、自身の身の安全を考えていたからです。あまり早く正式指名をしてしまうと、

「もうオヤジには用はない」

とばかりに、片づけられてしまう心配があります。「人材で勝負」と、自分の配下に俊英ばかり集めて戦ってきた曹操です。キレ者で野心家の臣下など掃いて捨てるほどいます。

曹丕は長子ですから、順当にいけば指名されて当然です。曹植は文人的色彩が強い人物ですが、これは彼が後継に立たなかったためのことで、もし彼が後継になっていれば、ブレーンもいますし、それなりのことはやってのけたことでしょう。

曹丕と曹植の間では、「七歩《しちほ》の詩」の故事が有名です。曹丕は曹植に、

「兄弟の詩を作れ。ただし『兄弟』という字は使ってはならぬ。七歩あくるうちに作りあげろ」

という難題を吹っかけます。するとたちまちのうちに、

豆を煮るに豆萁《まめがら》を以《もっ》てす
豆は釜のうちに在りて泣く
もと此《こ》れ同根より生ず

曹植（右）は兄曹丕の前で「七歩の詩」を吟ずる

あい煎《い》ること何ぞ太《はなは》だ急なる

と作ってのけました。

豆を煮るのに豆がらを燃やす。煮られる豆は釜の中で泣いている。もともと同じ根から生れたものなのに、どうしてそんなに強い火力でいたぶるのか。

さすがの曹丕も、これには参りました。

曹植は指名されなかったことが不満で、父曹操の葬儀にも参列しませんでした。

そのため位を安郷侯《あんきょうこう》に下げられ、都を立ち去ったあとのことは物語に書かれていませんが、失意のうちに世を去ったということです。

曹植の物語的役割は、赤壁の戦いの前、諸葛孔明が周瑜*を怒らせようとした時、

「呉から二人の女を曹操にくれてやればいい」

と言いますが、その証拠として挙げたのが曹植の「銅雀台《どうじやくだい》の賦《ふ》」の一節であった点で、重要な働きをしています。

結局、曹丕派と曹植派の権力闘争で、曹植派が負けたということなのですが、その背後には、自分の身の安全を優先した父曹操の姿がありました。

兄弟が仲良く事にあたれていたら、もう少し魏の国も違ったものになっていたかもしれないのですが、曹操のあとを受けて国を奪った曹丕は四十歳、曹植も四十一歳、曹丕のあとを継いだ曹叡*も三十五歳と若くして世を去ってしまいました。

これでは国家の足腰は弱体化するいっぽうです。さすがの曹操も予測していなかったのではないでしょうか。

魏

楊修《ようしゅう》

キレ者が除かれたほんとうの理由は

一七五―二一九
字は徳祖《とくそ》　弘農《こうのう》郡華陰《かいん》県の人

キレ者であると高く評価されますが、同時にキレすぎると警戒されます。ちょうど刃物と同じで、研ぎすまされた刃物は使いごこちがいいものの、ちょっと触れただけでケガをします。

色白で風姿うるわしい楊修は、はじめは引き立て役を演じます。

曹操に仕えていたとき、蜀からの使者張松《ちょうしょう》の相手をし、曹操のことをたたえる立場からいろいろと言うのですが、すべて張松に言い負かされ、はては曹操の著書『孟徳新書』を示すと、張松は一覧して暗記してしまい、一字の誤りもなく朗唱してみせます。

へこんだぶん突出するというわけでもないでしょうが、楊修はこのあと英才を発揮する話が

蜀の使者張松は楊修に『孟徳新書』をそらんじてみせる

伝えられます。

曹娥《そうが》の碑という親孝行な娘をたたえた碑の裏側に書きつけられた「黄絹幼婦外孫虀臼《こうけんようふがいそんせいきゅう》」の八文字の謎言葉をたちまち解きます。

「黄絹」は色のついた糸で「絶」、「幼婦」は少女で「妙」、「外孫」は女の子で「好」、「虀臼」は辛味を受けるもので「辤（辞）」、つまり「絶妙好辞（このうえなくすばらしい文章だ）」の意味なのでした。

また、曹操が門に「活」の一字を書きつけたのを、それは「闊」、門が大きすぎることだと見ぬき、またあるときは曹操に贈られてきた「酥《そ》」（チーズクリーム、ヨーグルトの類）に「一合の酥」と書かれてあったのを、「一人一口の酥」でありますから、皆でひとくちずつ食べてしまいましたとやったりもしました。

ここまでなら愛嬌も感じられる逸話ですみましたが、致命的だったのは、漢中の地をめぐっての劉備との攻防戦のとき、将軍夏侯惇《かこうとん》が軍令を聞きに曹操のもとに行くと、曹操は考えごとをしながら、

「雞肋《けいろく》」

と言いました。夏侯惇には何のことかさっぱりわかりません。それを楊修が、

「雞の骨はダシは取れますが、食べるべき肉はありません。すぐ陣払いの正式命令が出ますよ」

と教えました。

そこで夏侯惇は自分の配下の軍に引き揚げの準備を開始させました。

これを知った曹操、

「誰が軍機を漏らしたのか」

と激怒し、楊修を処刑してしまいました。

酥の場合のようなときは苦笑すればそれですむかもしれませんが、当時は生命を賭けた戦場でのことです。曹操も許し難かったのでしょう。

歴史書の注のなかには、「楊修を処刑したのは、楊修が袁術*と姻戚関係にあったためだ」と

するものがあります。しかし、袁術はこの雞肋の事件の二十年前に滅びていますから、おそらく違うでしょう。

キレすぎたキレ者ということで、処刑されたものと思われます。

三国志演義は、楊修が、父の正式後継指名を曹丕*と争う曹植*のために想定問答集を作り、その模範解答を与えていたことを強調しています。おそらく楊修は曹植派ということで、処刑されるようなことになったのでしょう。

くりかえしますが、雞肋の事件は二一九年、そして曹操が迷った末に曹丕を正式指名したのが二一七年です。正式指名をすませた以上、曹植のブレーンであったキレ者の楊修に生きていられては困るということだったようです。

魏

曹叡《そうえい》

皇帝ですら脇役に甘んじた時代

二〇五―二三九
字は元仲《げんちゅう》　曹操の孫　曹丕の子

皇帝という存在は、独裁者で何でも自分の思いどおりになって羨ましいと思われることが多いですが、その実態はきわどいものです。

曹叡は父曹丕*（魏の文帝）が風邪のため四十歳で急死したあと、帝位を継ぎました。二二六年、曹叡はまだ二十一歳ですから、臣下たちの「輔佐を受ける」というかたちで、かなり臣下にあやつられることになります。

そこに、諸葛孔明の北伐を受けたのですから、臣下たちの力を借りてこれを迎え撃たなければなりませんでした。

そこで重んじられたのが司馬懿《しばい》です。重んじられたと言いましたが、実のところは重んじないわけにはいかなかったのでした。

そうした権力構造の複雑さに加えて、曹叡は父曹丕との確執がありました。曹叡は曹丕と、もと袁熙《えんき》（袁紹の子）の妻であった甄《しん》夫人との間に生れました。この甄夫人はのちに曹丕の寵愛を失い、怨み言を述べたということで処刑されてしまいました。

黄初六年（二二五）、曹丕は巻狩りを行い、曹叡もその場に従っていました。草むらから追い出された母子の鹿、曹丕は矢をつがえ、母鹿を射殺しました。でも曹叡は自分の前を通り過ぎる子鹿を射ようとしません。曹丕は、

「どうして射ないのだ」

と言います。すると曹叡は、

「陛下が母鹿を殺されました。私は子鹿を射るに忍びません」

と答えました。曹丕はこの寓意に気づかなかったようで、

「我が子はまことに仁徳の心を持つ人間であることよ」

と言うだけでした。母鹿を殺された子鹿は、曹叡そのものをあらわしています。

『三国志演義』は、このあと馬謖《ばしょく》*の献策を採用した諸葛孔明が、司馬懿があたかも反乱を呼

後年の曹叡（着座）は政治に関心を失っていった

びかけているかのように見せかけ、曹叡はこれに動揺して司馬懿を一時権力から遠ざけたとしていますが、これはフィクションです。

歴史上の曹叡は、徹底して司馬懿を尊重し、諸葛孔明の動きに呼応した呉の孫権が軍を北上させたときは、みずから迎撃の軍を率いて対応しています。

二三四年に諸葛孔明が五丈原の陣中に没すると、当座、蜀からの侵攻はなくなり、曹叡も気のゆるみを見せはじめます。

自分の父曹丕が甄夫人を殺したのと同様に、寵愛を失って自分を怨んだ毛皇后を処刑してしまいます。

歴史はくりかえすと言いますが、このあとの曹叡は、「軍事予算は、とりあえずいらない」

と言わんばかりに、宮殿の造営などに湯水のように金を使うのでした。

そこに、遼東で公孫淵《こうそんえん》の反乱が伝えられます。公孫淵は、曹叡みずから揚烈《ようれつ》将軍の位を与えた人物です。

ここでも曹叡は司馬懿を頼るしかありませんでした。しかし、司馬懿を差し向けたものの、秋の長雨のため、なかなか鎮圧できません。

その日々のなか、病気を発した曹叡は寝こんでしまい、ある日、枕辺に自分が殺した毛皇后らが霊となって現われ、曹叡は孤独のうちに死去します。

公孫淵を平定し、死の床に間に合った司馬懿に、我が子曹芳《そうほう》を託すことはできました。

曹操を初代と数え、魏の三代目皇帝として見た場合、彼が行ったことは何であったでしょうか。宮殿の造営ぐらいでしょうか。

彼はいつも対外的に振りまわされていました。孔明の北伐という「対外的な問題」があるうちは熱心に事に当たりましたが、孔明が死んでしまうと急に目的を失ったかのようで、遼東で公孫淵が反乱したことで、再び対外的な問題が生じたときには、曹叡の生命はもう残っていませんでした。

歴史上の曹叡は、非常に記憶力がよくて、職員名簿は一覧しただけですべて覚えてしまったといいます。

皇帝という存在は、本来なら社会の主役であるはずですが、乱世にあっては脇役の一人ということになってしまいます。

宮殿の造営と皇后の処刑以外に、どこまで彼の意志が反映されていたでしょうか。

そのために彼という一人の人間の個性もはなはだ希薄な感じになってしまっています。

三国志略年表

西暦	後漢・魏	事項
一六一	延熹四	劉備誕生する。
一八四	中平元	張角挙兵して黄巾の乱起る。孫堅、劉備ら討伐に参加。張角病没。
一八九	中平六	呂布、丁原を殺害して董卓につく。董卓、少帝を廃して献帝を立てる。
一九〇	初平元	袁紹を盟主に反董卓の軍挙兵する。
一九一	初平二	荀彧、袁紹を離れ曹操のもとに走る。
一九二	初平三	呂布、王允とともに董卓を殺害。孫堅没、孫策が後を継ぐ。
一九六	建安元	曹操、献帝を手中におさめる。
一九七	建安二	袁術、寿春で皇帝を名乗るが、曹操の攻勢に逃亡。
一九八	建安三	曹操が呂布を破り処刑する。この時陳宮も刑死。
一九九	建安四	孤立した袁術が病没する。
二〇〇	建安五	関羽は曹操に降り、劉備は袁紹を頼る。孫策死し、孫権が後継。官渡の戦いで曹操が袁紹を破る。

二〇一　建安六　劉備、劉表を頼って荊州に入る。
二〇二　建安七　袁紹病没。
二〇三　建安八　袁紹の息・袁譚と袁尚が争う。
二〇七　建安一二　諸葛孔明、劉備に仕える。魏の郭嘉没。
二〇八　建安一三　曹操、丞相となり、荊州を攻める。長阪の戦いで劉備敗走、このとき趙雲が阿斗（劉禅）を救出する。曹操、孔融を殺害。赤壁の戦いで孫権・劉備の連合軍が曹操を破る。呉軍に周瑜、魯粛、黄蓋ら。
二一〇　建安一五　呉の周瑜没。
二一一　建安一六　龐統、劉備に仕える。
二一二　建安一七　曹操が魏公位に就くことに反対した荀彧が自殺。
二一三　建安一八　曹操、魏公となる。
二一四　建安一九　劉備が蜀の劉璋を攻め降伏させるが、龐統は落鳳坡で戦死。
二一五　建安二〇　曹操、張魯を討伐。孫権が劉備に荊州の返還を求めるが拒否される。曹操が漢中に侵攻し、劉備と孫権は和を結ぶ。
二一六　建安二一　曹操、魏王となる。

西暦	後漢・魏	事項
二一九	建安二四	劉備、漢中王を称する。関羽、孫権の軍に捕われ斬首される。曹操が楊修を処刑。
二二〇	黄初元	曹操病没。曹丕が魏王を継ぐ。ついで献帝に譲位させ、帝位につく。黄忠没。
二二一	黄初二	劉備が蜀漢の帝位につく。張飛が部下に殺害される。曹丕、甄夫人を殺害。
二二二	黄初三	呉の陸遜、劉備の蜀軍を破る。
二二三	黄初四	劉備没、劉禅が後を継ぐ。
二二五	黄初六	諸葛孔明、孟獲ら南方の異民族を平定する。
二二六	黄初七	魏帝曹丕没、曹叡が帝位を継ぐ。
二二七	太和元	諸葛孔明、「出師の表」をたてまつる。
二二八	太和二	蜀の第一次北伐の際、馬謖は街亭の戦いで張郃の魏軍に破れ、諸葛孔明に処刑される。魏の姜維、蜀に降る。
二二九	太和三	孫権が帝位につく。蜀の趙雲没。
二三一	太和五	魏の張郃、木門道で戦死。
二三二	太和六	魏の曹植、曹洪没。

二三四　青竜二　後漢の献帝没。諸葛孔明、五丈原の陣中に没す。魏延没。
二三九　景初三　魏帝曹叡没、曹芳が即位する。
二四一　正始二　呉の諸葛瑾没。
二四九　嘉平元　司馬懿がクーデターを起こし、魏の実権をにぎる。
二五二　嘉平四　孫権没。諸葛瑾の長男・諸葛恪が呉の実権をにぎる。
二五三　嘉平五　呉の孫峻、諸葛恪を殺害。蜀の姜維、北伐。
二五四　嘉平六　司馬懿の長子・司馬師がクーデター、魏帝曹芳を廃する。
二五六　甘露元　蜀の姜維、魏の鄧艾に敗れる。
二六三　景元四　魏の鍾会・鄧艾、蜀に侵攻し劉禅が鄧艾に降伏して蜀滅亡。
二六四　咸熙元　魏の鍾会、鄧艾、蜀の姜維死す。
二六五　泰始元　司馬炎、魏帝曹奐を廃して晋を建国。
二七一　泰始七　劉禅没。
二八〇　太康元　呉滅亡、晋が天下統一。

渡辺　精一（わたなべ・せいいち）

1953年（昭和28年）東京生まれ。

國學院大學大学院文学研究科博士後期課程単位修得。

現在、二松学舎大学講師。朝日カルチャーセンター講師。早稲田大学エクステンションセンター講師。

著書『三国志人物事典』上・中・下（講談社文庫）、『１分間でわかる菜根譚』（三笠書房・知的生きかた文庫）、『素書』（明徳出版社）、『心に響く三国志』（二玄社）他多数。

三国志《さんごくし》 40人《にん》の名脇役《めいわきやく》

二〇一二年六月　五　日初版印刷
二〇一二年六月二〇日初版発行

著　者　渡辺精一《わたなべせいいち》
発行者　渡邊隆男
発行所　株式会社　二玄社
　東京都文京区本駒込六―二―一　〒113―0021
　電話　〇三（五三九五）〇五一一
　Fax　〇三（五三九五）〇五一五
装　丁　藤本京子（表現堂）
印刷所　モリモト印刷株式会社
製本所　株式会社越後堂製本
ISBN978-4-544-05152-0 C0022